The Greatest Maou Is Reborned To Get Friends
史上最強の大魔王、村人Aに転生する
9 邪神の夢

「さて。共に参りましょうか、エルザードさん」
アード
3000年後の未来世界へと転生を遂げた、元《魔王》様。現在は、ラーヴィル国立魔法学園に身を置く“村人”

「ありがとう……なんて、言うわけねぇだろ、ばぁ～か」
エルザード
これまでアードたちと激闘を繰り広げてきた《狂龍王》。窮地に立たされたアードとまさかの共闘関係に……!?

「おね～ちゃ～ん！　たすけてぇ～～！
あいつらがいじめてくるんだよぉ～～！」
メフィスト
史上最凶の《邪神》。ラーヴィル国立魔法学園に襲来し、アードの仲間たちを自身の操り人形へと変貌させた
「……弟の敵は、排除する」
オリヴィア
アードにとっては『姉貴分』でもある、元・魔王軍四天王のひとり。メフィストに操られ、アードに襲い掛かる

史上最強の大魔王、村人Aに転生する

9. 邪神の夢

下等妙人

ファンタジア文庫

3176

口絵・本文イラスト　水野早桜

CONTENTS

The Greatest Maou Is Reborned To Get Friends 9

Presented by Myojin Katou
and Sao Mizuno

第一〇四話　元・《魔王》様と、奪われた日常

現代において、《魔王》・ヴァルヴァトスの生き様は常に、華麗を極めた物語として描かれている。

英雄譚《たん》に曰《いわ》く、かの御方が歩んだ道は常に王者のそれであり、そこに一切の挫折はなく、苦悶《くもん》もなく、産声《うぶごえ》を上げてから世を去るまで、無謬《むびゅう》の人生を全うせり。

……初めてその一文を見た瞬間、俺は無意識のうちに冷笑を零《こほ》していた。

何もかもが間違っている。

俺は英雄譚に記されているような全能者ではない。

当時の俺は、常に追い詰められていた。

表面的には常勝不敗の人生。されど本質的には、ただの一度さえ勝利してはいない。

《魔王》・ヴァルヴァトスの生涯にはいつだって、奴の影が付きまとっていた。

きっと生を受けたと同時に、目を付けられていたのだろう。

あの悪魔に。

メフィスト＝ユー＝フェゴールに。

……古代世界において展開されていた、人類の救済を賭けた闘争。その究極は《魔王》と《勇者》、この二人を中心とした《邪神》達との戦であったと伝わっている。

だが、実際は。

メフィスト＝ユー＝フェゴール、ただ一人による独壇場《ワンサイドゲーム》であった。

奴《やつ》の目には誰も彼もが道化として映っていたに違いない。

生きとし生けるもの、全ての存在が掌《てのひら》の上で踊らされていた。

あらゆる決意。あらゆる憎悪《ぞうお》。あらゆる理念。あらゆる闘争。

何もかもが、奴の手によって仕組まれていた。

世に蔓延《はびこ》る負の事象は総じて、かの悪魔によるもの。それが知れ渡った瞬間、ようやっと我々は、真に果たすべき目的を見出《みいだ》したのだ。

諸悪の根源を断ち、安寧への一歩を踏み出す。

誰もがそのために動いた。

いがみ合っていた者達は一時、憎悪を忘れ。

協調していた者達は一層、結び付きを強くし。

人も魔も。聖も邪も。一切合切の区別なく、奴へ挑み――

そして、敗れた。
完膚なきまでに。
あの時代を生きた者にとって、メフィストという名の怪物は、悪夢そのものだ。
俺とて例外ではない。
だからこそ、目を背けていた。
向き合うことなど、出来なかった。
膨大な犠牲を払ってなお殺し切れなかったという現実。
今なお奴は生存しているという現実。
あまりにも不都合で、あまりにも不愉快なそれを、俺は意図して忘れ去り……
そうだからこそ、今。

——我が目前にて、悪魔が立つ。
——これまでのツケを払えと、言わんばかりに。
ラーヴィル国立魔法学園。勝手知ったる学《まな》び舎《や》の一室で。
俺は、最悪の状況に陥っていた。

「貴様……！　皆に、何をした……！」

隠し切れぬ苦悶。我が身のみを対象とした負の事象ならば、いくらでも耐えられる。だが今回、奴の手によって実行されたそれは、俺以外の全てを対象としたものだった。

教壇の前に立つ悪魔を睨《にら》みつつ……視線を僅かに、横へ向ける。

そこには我が姉貴分、オリヴィア・ヴェル・ヴァインが立っていた。宿敵の存在を視界に入れてなお、現状に一切の疑問を持っていないような、無機質極まる顔で。

それから俺は、周囲に目を配る。

皆、誰もが、オリヴィアと同じ状態だった。

ジニー、シルフィー、エラルド、そしてイリーナ。その他大勢の学友達も。

一様に、人形の如《ごと》く無機質で、微動だにしない。

まるで俺とメフィスト以外の全てが、時を止めているかのような有様《ありさま》。

そんな中。悪魔が口元に微笑を浮かべながら、言葉を紡《つむ》ぎ出した。

「何をしたのか。一言で返すなら、改変の魔法ということになる。けれどねハニー、そんなことはどうだっていいのさ。僕が君の友人達を操り人形にしたという、表面的な部分にはなんら意味がない。その奥にある本質に目を向けてもらいたいな。どうして僕がこういった行いをしたのか。僕の意図が、君になら理解出来ると信じているよ」

親しげな口調だった。見下すわけでなく、嘲るわけでなく。その喋《しゃべ》り様はむしろ、友に向けられるそれとまったく同じものだった。

実際、奴は俺を敵とは認識していない。こちらがどれだけ奴を憎み、どれだけ殺意をぶつけようとも、メフィストは俺のことを無二の友として扱ってくる。

そんな理解し難《がた》い思考回路に吐き気を催しながら、俺は無意識のうちに呟《つぶや》いていた。

「なぜ、こんなことに……！」

先刻、メフィストが述べたことなど頭にはない。

ありえぬはずの現実に対する苛立《いらだ》ちと弱音。それらが今、胸の内を占めている。

……奴はそんな俺の心理に対しても、にこやかな顔のまま、答えを送りつけてきた。

「順を追って話そう。ちょっと長くなるかもしれないけれど、そこは大目に見てほしいな」

くるりとターンして、穿《は》いているスカートを靡《なび》かせながら、こちらに背を向けてくる。

そして奴は、まるで教鞭《きょうべん》でも執るように黒板へ向き合うと、

「数千年前の決戦において、君達は僕を封印し、外部へ干渉出来ない状態へと追い込んだ。これは君達にとって決して解けないはずの魔法であると同時に、僕にとっても突破口が見出せないようなものだった。いや本当に、絶望的だったよ。生まれて初めての感情だった。

貴重な経験をさせてくれて本当にありがとう」

つらつらと語りながら、チョークを黒板に走らせていく。

「数千年前の決戦。解けぬ封印。外部への不干渉。これらは君にとって絶対不変の真実《ルール》だった。それがなぜ現在、破られているのか？　まず第一に――――これだ」

外部への不干渉。黒板に記されたその文字へ被《かぶ》せる形で、メフィストはバツ印を描いた。

「君も知っての通り、僕は努力家だ。出来ないことを出来るようにする。人生の喜びとは、そこに尽きると僕は考えているよ。だからこそ、封印の解除に乗り出した。そしてだいたい、四〇〇年ぐらいかな。外部への干渉が出来るようになったのは」

……こともなげに口にした言葉、だが。俺にとっては忌々《いまいま》しい内容だった。

身動き一つ取れぬ、どころか、あまりの激痛にまともな思考も出来ないような状態へと追い込んでいたのに。奴にとってそれは、なんの苦でもなかったらしい。

虫酸《むしず》が走るような美貌《びぼう》を笑ませながら、メフィストは語り続けた。

「まぁ、とはいってもね。封印を解くまでには至らなかったよ。そこらへんはさすが僕のハニーってところかな。……ところでさっきから無言だけど。ちょいちょいヤジとか飛ばしてくれてもいいんだぜ？　いやむしろ飛ばしておくれよ。一人喋りとか寂しいもん」

断固拒否する。

「はぁ。つれないねぇ。……さておき。めちゃくちゃ頑張ったおかげで外部への干渉が可能となったわけだけど、僕はね、ちっとも嬉《うれ》しくなかったよ。なんせ君、僕になんの断りもなく転生しちゃうんだもの。君が居ない世界にちょっかいかけてもつまんないよ。……ま、ホントはちょくちょく仕掛けたけどさ。君の再誕待ちでクソ暇だったから」

悪戯《いたずら》っぽく微笑《ほほえ》んで見せるメフィスト。

絶世の美貌に浮かぶあどけなさは、見かけ上、実に愛らしいものだが……

俺にとっては吐き気を催すような顔でしかなかった。

「暇を潰《つぶ》し続けて数千年。やっと君が再誕したわけだけど、どうしても封印は解けなかった。けっこう本気を出したつもりだったのだけど、上手《うま》くいかなくてね」

肩を竦《すく》めて見せるメフィスト。その言動に嘘《うそ》の気配はなかった。

であればなぜ、封印が解かれてしまったのか。

その疑問を抱くと同時に。

「封印が解けた第二の理由にして、最大の要素。それはなんと――」

メフィストは、核心となる情報を――

「――教えてあ～げないっ☆」

舌を出して、悪戯っぽく笑うメフィストに、俺は無言のまま拳を握り締めた。

そんな様子が可笑《おか》しかったのか、奴はこちらを指差して、腹を抱えながら笑い出す。

「アハハハハハハ！　言うと思った？　言うと思った？　ざ〜んねん！　秘密でぇ〜す！」

ひとしきり笑うと、メフィストは目尻に浮かんだ涙を拭い、気を落ち着けるように深呼吸。それから静かに、言葉を紡ぎ出した。

「今それを明かしても面白くはならない。そっちに意識が集中されてもね、僕としてはつまらないんだよ。少なくとも序盤は僕だけに集中してもらいたいな、うん」

……言わぬと断じたなら、決してそれを伝えることはない。また、口を割らせることも不可能だ。であれば……なぜ封印が解けたのか、その疑問は捨てよう。

そもそも、そんなことは重要でもなんでもないのだ。

俺の目前に、メフィストが立ちはだかっている。この状況にどう対応するのか。そして、これから始まる状況をどう凌《しの》ぐのか。大事なのは、それだけだ。

「いいね、ハニー。優先順位を誤らないその思考力、相も変わらず素敵だよ」

満足げに微笑みながら、奴は次の言葉を投げてきた。

「さて、本題に戻ろうか。現状の本質について、君は考えてくれたかな？」

「……貴様が我が友人達に害を及ぼし、操り人形に仕立てた。それが全てだ」

本質も何もあるかと、俺は奴を睨む。

対して、メフィストは首を横に振りながら、

「さっきも言ったよね。それは表面的な要素に過ぎない、って。気付いていないのか、気付かないようにしているのか。多分、後者かな。だったらもう、仕方ないから教えてあげるよ。この状況の本質、それはね──君達が育んできた絆《きずな》の、否定だよ」

生徒一同を観察するように、視線を配る。

そうして奴は言い続けた。

「見ての通り、僕は彼等《かれら》を思うがままに出来る。人格改変は当然のこと、外見や性別、果てには種族に至るまで、好きに変えることが出来る。

……そんな相手を、果たして自分と同じ知的生命と呼ぶべきだろうか？

僕はそう思わない。任意のタイミングで、好きなように変えてしまえるような存在は、無機物と変わりがないんだよ。

だから僕は、君以外の全てを玩具だと捉えてる。

君だけが僕と同じ、人間という名の生命で、そうだからこそ、僕にとって友情を育むこ

とが出来る相手は君しかいない。

それはねハニー、君も同じなんだよ。

君は僕以外の誰とも、友情を育むことは出来ない。

君にとっては僕だけが、思い通りにならない存在だ。だから――――」

「貴様と友情を育むぐらいなら、死んだ方がマシだ」

あまりにも不愉快で、あまりにも気持ちが悪く、そしてあまりにも腹立たしい。

怒りが焦燥と畏怖を灼《や》き尽くし、ただ一つの目的だけを残した。

この悪魔を斃《たお》し、皆を救う。

可能か否《いな》かはどうでもいい。

もはや一秒たりとて、奴《やつ》の姿を目に入れたくなかった。

「アハハハハハ！　前にも言ったけどねハニー。君ってさ、図星を突かれると右の頬を引きつらせるんだよね。それからメチャクチャ怒る。そんなわかりやすいところが実に――」

奴の口を塞《ふさ》ぐべく、攻撃魔法を放つ、直前。

「まぁ、落ち着きなって。さもなきゃ、皆が死んじゃうよ？」

刹那、学友達が一斉に動いた。

席を立ち、メフィストのもとへ。

その姿は、奴を守る肉盾と呼ぶべきもので。

彼等の中にはイリーナやジニー、シルフィー、そしてオリヴィアまでもが交ざっている。

「貴様ッ……！」

歯がみし、睨み据える俺の顔を見つめながら、メフィストは肩を竦めた。

「彼等を人として扱う以上、君は決して僕には勝てないよ。思い出してみると良《い》い。過去の記憶を。何も持ち得ていなかった頃の自分を」

悪魔が両腕を広げながら、笑う。

まるで、こちらを誘惑するように。

「当時の君は虚無《ゼロ》だったからこそ、出鱈目《でたらめ》に強かった。けれど、さまざまなものを得て、人間らしさを確立した結果、君は弱くなった。そこから脱却しない以上、君は決して僕には勝てないよ」

確信の思いを宿した言葉。

友愛という概念を幻想に過ぎぬと断じ、その思想をこちらに強要する悪魔を、俺は。

「……やはり貴様は、哀れな男だな。メフィスト＝ユー＝フェゴール」

口にした皮肉が、僅かながらも、奴の心を動かしたのか。

悠然とした微笑に、ほんの小さな亀裂が入った。

「貴様と俺の本質が同じであるということは認めよう。俺達は共に、表面こそ万能だが、内面は空っぽだ。ゆえに誰も付いては来なかった」

かつての我が軍勢は、まさにそれだ。

俺の内面を愛し、隣に並んでくれた者など、一人も居なかった。

配下は居《お》れども仲間は皆無。

そうした現実を、俺は諦観と共に受け入れていた。

おそらくはメフィストもそうだったのだろう。

しかし……

「リディア《親友》と出会ったことで、考えが変わったよ。諦観に屈することなく、ひたすら前進するあいつの姿は、まさに俺の理想像だった」

リディアは確実に、こちら側の存在だ。誰もが表面的な自分しか見てはくれず、他者との関係性は互いを利用し合うだけの、冷え切ったものにしかなりえない。

けれどあいつは、そんな運命に屈しなかった。

背負いし孤独を、撥《は》ね除《の》けていた。

〝中身なんてな、最初は誰だって空っぽなんだよ〟

〝確かに、オレ達ゃ外側が豪華過ぎるからな。それ以上の中身ってのを作るのは難しい〟

〝けどな、色んなことを学んで、色んなことを考えて、色んな奴を愛して〟

〝そうやって中身を詰め込んでいきゃあ、いずれ外と中の価値は逆転する〟

〝ウジウジ悩んでねぇで、馬鹿になりゃいいんだよ〟

〝そうすりゃ、きっと上手くいくさ〟

〝なんせお前は、オレの親友なんだからな〟

……不甲斐《ふがい》なくも、前世の俺はリディアの教えを全うできなかった。

だが、今は。

「転生し、イリーナと出会い《もう一人の親友》……俺は、多くの学びを得て、多くの思考を重ね、そして、多くを愛した。きっと最初は皆、前世と同じく、俺の表面だけを見ていたのだろう。だが、今や誰もが、外だけでなく中も見たうえで、俺のことを受け入れている。俺のことを友だと、そのように言ってくれる」

俺の思いが。皆の思いが。

虚構であるはずがない。

「さまざまなモノを得たがゆえに俺は弱くなったと、貴様はそう言ったな。それは愚かな勘違いだ。俺は多くを得たがゆえに——」

「そこまで言うのなら、試してみようか」

淡々とした声音で、奴は、言葉を紡《つむ》ぎ始めた。

「君の言葉が真実か否か。君が積み重ねてきたモノが真実か否か。――君達の友愛が、真実か否か。それを今から、試してみようじゃないか」

次の瞬間。

目の前の光景が、変化した。

校庭の只中《ただなか》。

どうやら転移の魔法で移動したようだが……当然、それだけではなかろう。

「状況《フィールド》は整った。あとはもう、始めるだけだ」

悪魔の口元に浮かぶ笑みが深く、濃厚なものになる。

……またもや始まるのか。メフィストを相手にした、不愉快な遊戯《ゲーム》が。

緊張はある。不安もある。だが、負ける気はしなかった。

奴との因縁は前世にて千年近く続いたのだ。場慣れもしているし、奴のやり口を俺は誰よりも知り尽くしている。それを活《い》かして、この勝負もまた――

「あぁ、そうだ。事前に告知しておくよ」

両手を合わせ、微笑したまま、メフィストは言った。

微塵《みじん》も予想していなかった、意外な言葉を。

「君と遊ぶのも、今回で最後だ。これ以降はない」

「…………は？」

今回で、最後。これ以降は、ない。

奴の口から出た言葉とは、到底思えなかった。

俺との遊戯を永劫《えいごう》に楽しみたい。そう嘯《うそぶ》いていたあの悪魔が……今回で終わりにする、だと？

「もう一つ、事前に告知しておくよ。今回は本気で勝ちに行くから、覚悟しておいてね」

俺の当惑を完全に無視して、奴は口を開く。

その微笑にどこか、切なさを宿しながら。

「――さぁ、始めようか。君と僕の、最終決戦《ラスト・ゲーム》を」

第一〇五話　元・《魔王》様と、最後の戦い

不意を打つような言葉に、こちらが未《いま》だ当惑を覚える中。
けれどもメフィストは、勝手気ままに状況を進行させていく。
黄金色の瞳に、これまでの遊戯とは違う何かを宿しながら。
「さて、今回のルールだけど。
特別、難しいものじゃない。
学園の敷地《しきち》内に隠された僕の霊体を探し出し、それを破壊したなら君の勝ち。
その時点で僕は死に至り、復活することもない。
ただし——
君の行く手を阻《はば》む障害が舞台には数多くが配置されている。
それが何かは、言わずともわかるだろう?
君の発言が真実であるのなら、きっと今回の勝負《ゲーム》は君が勝つ。
けれど、もしも僕が正しかったのなら」

沈黙し、ニヤリと笑うメフィストを睨《にら》みながら、俺は口を開いた。

「何度でも言ってやる。皆と育んできた絆《きずな》は本物だ」

「……結末が楽しみだよ。本当に」

悪魔の声に宿りし感情は、いかなるものか。

その答えを見出《みいだ》すよりも前に。

「じゃ、僕は観覧席に移動するから」

応援してるよ、ハニー。

奴はふざけた調子で笑い、そして、姿を消した。

「…………」

静寂。

学内には今、不気味な静けさが満ちていた。

「……何か、違和感がある」

先刻、奴が発した最終決戦《ラスト・ゲーム》という言葉。それをまだ、俺は噛《か》み砕《くだ》けずにいる。

そこにどういった意味が含まれているのか、まるで読めない。

最後の遊戯という言葉が、本気であるわけがないのだ。

もしそうだったとしても、このタイミングでそれはないだろう。今、ラスト・ゲームを宣言するのは、あまりにも脈絡がなさ過ぎる。

ゆえに何かしらの意図があるとは思うのだが……考えても、答えは出そうになかった。

であれば、現状の解決に集中すべきか。

まずは現在地の確認。

ここは第二校舎の付近だ。南にしばらく進めば校門があり、東には第一校舎、西には運動場と剣王樹、北には学園寮が存在する。

平常であれば、既に一限目が始まっているはずの時間。

陽光を浴びながら、俺は独り呟《つぶや》いた。

「……妨害術式は、展開されていないようだが」

身を隠し、特定の何かを探す。勝負の趣旨を端的に言えば、そういうことになる。

であれば、探知の魔法と隠匿の魔法は、反則として捉えるべきだろう。何せそれらを用いれば、誰にも発見されることなく目標を発見出来るのだから。

しかし、それらを発動出来ぬようにする妨害の術式が、展開されていない。

これは、罠《わな》であると考えるべきか。

「……縮こまっていても仕方がない。ここは大胆に動こう」

探知の魔法を用いた結果、メフィストの霊体は剣王樹の傍《そば》に配置されていることがわかった。

このまま転移の魔法を用いれば、一瞬で移動出来るのだが……どうやらそれに対しては、妨害措置を取っているらしい。

俺は隠匿の魔法で自らの姿を透明化し、誰にも認識出来ぬようにして、歩き始めた。

周囲に人の気配はない。

だが、しばらく歩いていると……静寂の中に、声が混ざり始めた。

剣王樹への道すがら、運動場の傍まで足を運ぶ。

そこには隣のクラスに在籍する生徒達が居て。

新任の講師となったアルヴァートが、彼等《かれら》の指導を行っていた。

「……進級するまでに、全員が初級魔法を無詠唱で発動出来るようにする。これは僕の課題であると同時に、僕から君達への命令だ」

「い、いや、それはさすがに……」

「は？　僕の考えに何か文句でも？」

「ひっ⁉　ご、ごごご、ごめんなさいっ！」

気怠《けだる》げな顔をしながら、アルヴァートは萎縮する生徒達の顔を見回し、一言。

「……出来ないと思うから駄目なんだよ。どいつもこいつも」

かつて被《かぶ》り続けてきた狂気の仮面を脱ぎ捨て、本来の自分を曝《さら》け出しながら、生徒達に向き合う。それは奴《やつ》にとっての誠意であると同時に、決意の証《あかし》でもあるのだろう。

先の一件を経て、アルヴァートは己を縛り続けてきた過去に決着を付けた。

ゆえにこれからは前を向いて、未来へと進むのだと、奴は行動で示している。

奴の過去と今に、俺は――


『改変出来てしまう情報に、意義なんかないんだよ』


思いを馳《は》せようとした、直前。

脳内に悪魔の声が響き、そして。

一人の女子がこちらを見る。

ヴェロニカ。

公爵家の令嬢であり、学園生活を送る中で、友誼《ゆうぎ》の間柄となった者の一人。

彼女は次の瞬間、目を見開いて……小さな悲鳴を、漏らした。

「ひぃ……！」

喉が引きつったようなそれは、恐怖に満ちたもので。

その声を耳にすると同時に、俺は自らの愚を悟った。

隠匿の魔法を発動しているから、誰にもこちらの姿は認識出来ない。そんな考えが、そもそもの間違いだった。

この勝負はメフィストにとって、俺の心を折るためのもの。

であれば。

霊体探しという過程と、それを達成するための工夫など、無為の極み。

どのような行動も。どのような心理も。

全てを否定し、お前の心を壊してやる、と。

あえて隠匿の魔法を発動出来る環境にしたのは、そんなメッセージを伝えるためだったのだろう。

それを証するかのように。

「バケモノ……！」

ヴェロニカの口から、声が放たれた。

俺を、俺として認識していない。

それは彼女に限ったことではなく、ヴェロニカに倣《なら》うように、こちらを見た生徒達とアルヴァート、全員が同じ目をしていた。

侮蔑。嫌悪《けんお》。畏怖。殺意。
悪感情の全てを凝縮したような視線を浴びると同時に。
俺は、悪夢の世界へと誘われた。
「――――死ね」
小さな呟きがヴェロニカの口から放たれ、そして。
生徒全員が、魔法を発動する。
業火《ごうか》。雷撃。風刃。岩塊。
猛然と迫る属性攻撃の群れ。それらは皆の実力を遥《はる》かに超えたもので。
『無詠唱が出来ませ～ん、とか言ってたけどね。それ嘘《うそ》だから』
『そこに居る子達全員、古代世界の戦士と同格レベルまで強化してあるんでね』
『気張って対応しないと、死んじゃうぜ？』
殺到する攻撃を防壁の魔法によって防ぎながら、俺は唸《うな》り声を漏らした。
相手が敵対者であれば、問題はない。
転生後の我が身は村人なれど、古代の一流どころを相手取っても負けることはないと。
そのように自負している。
だが……

目前にて、こちらへ殺意を叩《たた》き付ける彼等は、決して敵ではない。

ある者は友であり、ある者はこれから友になるやもしれぬ、そんな大切な生徒達だ。

ゆえに反撃など、出来なかった。

傷付けるという選択など、採れるはずがなかった。

『君、言ったよね？』

『俺達の絆は本物だって』

『育んできた関係性は、どんなことがあっても消えないって』

『ほら、証明するチャンスだよ、ハニー』

『僕に見せておくれよ、友情が成せる奇跡ってやつを』

言われずともやってやる。

脳内に響く悪魔の声へ舌打ちを返してから、俺は口を開いた。

「皆さん！　おやめください！　私は――」

叫ぶ最中、彼等が属性攻撃と共に、声を投げ付けてきた。

「死ね」

「死ね、バケモノ」

「ここから居なくなれ」

憎悪《ぞうお》に満ちた言葉。嫌悪に満ちた視線。

それはもはや、人間に対して向けられるべきものではなかった。

彼等の瞳には今、俺の姿が、おぞましい怪物として映っているのだろう。

あの悪魔に、操られて。

『いいや、違うよハニー』

『操ってるんじゃなくて、改変したんだよ』

『同じようでいて、それらは別物だ』

『彼等の言葉は僕の手によって出されたものじゃない』

『彼等は今、本気で君を嫌悪している。本気で君を憎んでいる』

『……さて、今の彼等は、果たして君の友人達と同一人物であると言えるのかな？』

脳内に響く問いかけに、俺は歯がみすることしか出来なかった。

同一人物でないというのなら、「全ての生命は改変出来るがゆえに、自分以外の存在全ては無機物も同然である」という、奴の思想を肯定することになる。

よってここは、同一人物であるという返答以外、ありえないのだが。

「皆さん、私の話を――――」

言葉が届かない。

思いが届かない。

激化する攻勢を、防壁で以《もっ》て対処することしか、俺には出来なかった。

『解除の魔法でも試したら？《固有魔法》《オリジナル》に頼るってのもいいかもねぇ』

癪《しゃく》に障《さわ》る言葉だった。

いかなる術理を用いようとも、皆に仕掛けられたそれは解除出来ない。

今の俺と〈邪神〉《《魔王》》メフィストには、埋め難《がた》いほど大きな差があった。

……しかし、もしも俺に全盛期の力があったとして、皆を魔法によって元通りに出来たとしても。

『いいね、そういうクレバーなところも大好きだよ、ハニー』

『君が考えている通りさ。この勝負は、力と力のぶつけ合いじゃあない』

『思想の試し合いだ』

『僕と君、両者以外の存在全てが、虚偽に過ぎないのか。それとも』

『共に過ごした時間、育んできた関係性、それらを本物とし、絆《きずな》という概念が実在することを証明するのか』

『その決着は、奇跡で以て付けられるべきだ』

『解除の魔法が通じない状況で、皆の改変を無効化する』

『そんな奇跡を、君が知る全ての人達に起こすことで、やっと君の勝利が確定するのさ』

『だからこそ、断言しておくよ』

『これまでずっと、僕はハンデを与えてきた。君達を有利にする条件を常に作ってあげた』

『でも、今回は違う』

『今回だけは──僕が圧倒的に有利だよ、ハニー』

攻勢が激化する。

皆の殺意が、展開された防壁を削る。

その有様《ありさま》はまるで、我が心を表しているかのようだった。

「くッ……！」

呻《うめ》くことしか出来ぬ自分と現状に、苛立《いらだ》ちが募る。

そこに加えて──次の瞬間。

「消え去れ」

冷然とした声と共に、漆黒の炎が襲来。

これは、アルヴァートが放ったものだ。

奴の異能によって生み出されたこの黒き炎は、接触した存在と概念を問答無用で滅ぼしてしまう。例外はない。我が身さえも、触れた時点で消滅が確定する。

よって防御ではなく、回避を選択。

俺は地面を蹴って、横へ跳んだ。

刹那、我が身を守り続けてきた防壁が闇色の炎に呑《の》まれ、瞬《またた》く間に滅却。

「早く殺してください、アルヴァート様！　あのバケモノを！」

「あんなおぞましい姿、もう見たくない……！」

侮蔑と嫌悪。生徒達が皆、そうした目でこちらを睨《にら》む一方で。

アルヴァートは、普段と変わらぬ視線のまま。

「まだまだ序の口だ。ア、ア、ア、アード・メテオール」

追撃が、放たれる。

四方八方から殺到せし必殺の力。

それらを紙一重のタイミングで躱《かわ》しながら、俺は叫んだ。

「アルヴァート様ッ！　どうか正気を――」

「敵と会話するつもりは、ない」

奴の瞳に宿る情念は、どこまでも冷たかった。

肝が凍るような殺意。それは奴が漆黒の意思を抱いていることの証左であるが……

しかし、それにしては。

奴《やつ》の動作、全てがぬるい。

先程から、アルヴァートは黒炎を出すだけの単調な攻撃に終始している。そこがあまりにも不自然だ。本気でこちらを排除しようと考えているのなら、初手で切り札を出さないという選択はありえない。

狂戦士の仮面を被《かぶ》っていた頃ならばまだしも、素の顔を見せている今、無駄に戦いを長引かせるようなことはしないはず……。

ということは、まさか。

「アルヴァート様、貴方《あなた》は――」

疑惑を口にする最中。

繆《びゅう》と、風が薙《な》いだ。

瞬間、肉体が勝手に反応し、真横へと跳躍。

前後して、一振りの刃が、今し方まで立っていた場所を通過する。

……相手方の姿を見ずとも、その正体が何者であるか、俺には容易に理解出来た。

風斬り音が太刀筋を伝え、それが乱入者の正体を知らしめてくる。

「オリヴィア、様」

我が姉貴分が剣を構え、立つ。
こちらへ鋭い敵意を放ちながら。
その目が。その、顔が。
俺の心を軋《きし》らせ、そして。
「私の……いや……俺のことが、わからないのか」
アード・メテオールの仮面など、被ってはいられなかった。
それを脱ぎ捨て、弟分として言葉を紡《つむ》ぐ。
そうしたならきっと、わかってくれるはずだ。思い出してくれるはずだ。
義姉弟《俺達》の絆は、何よりも――
『強いというのなら』
『そもそも、彼女は前世の君を孤独にはしなかったんじゃあないかな？』
否定の言葉が、頭に響いた、そのとき。
剣が閃《ひらめ》いていた。
目にも止まらぬ疾《はや》さ。回避出来たのは天佑《てんゆう》でしかない。
しかしその刃はこちらの頬を掠《かす》め……灼《や》けるような痛みと共に、鮮血が流れ落ちた。
「オリ、ヴィア……」

こちらの呆然《ぼうぜん》に、彼女は何も返してはこなかった。

その態度は紛れもなく、敵対者に向けてのそれであり――

『虚仮《こけ》でしかないんだよ。義姉弟《君達》の絆なんて』

悪魔の嘲弄を、否定すべきだと、理解している。

だが、体は真逆の行動を取っていた。

逃避である。

なぜこんなことをしているのか、わからない。

いや……わかりたくない。

ほんの一瞬でも、諦観を抱いたという現実を、認めたくなかった。

「抜け道が……！　何か、抜け道がある、はずだ……！」

揺れ動く心を落ち着かせるように、呟《つぶや》く。

疾走しながら、俺は思考に没頭した。

メフィスト＝ユー＝フェゴールの中に闘争という概念はない。

奴にとって他の存在全ては玩具に過ぎず、ゆえに争うという考えを抱くこともなければ、勝ち負けにこだわることも皆無。

そんな心理を持つがために、奴は常々、己の負け筋を必ず用意している。

一見すると絶望的な状況であったとしても、確実に、抜け道が――

『いいや』

『そんなもの、今回は用意してないよ』

頭の中に響いた声は、ひどく真剣なもので。

だからこそ、俺は、瞠目《どうもく》せざるを得なかった。

『事前に告知したよね？　今回が最後だって』

『最終決戦《ラスト・ゲーム》と銘打ったのは、伊達《だて》や酔狂じゃないし、普段の気まぐれってわけでもない』

『過程を楽しむつもりはあるけれど、でも――』

『今回の遊戯《ゲーム》だけは、絶対に僕が勝つよ、ハニー』

言葉に宿る凄味《すごみ》は、本物だった。

奴は本気で、俺を潰《つぶ》そうとしている。

それを証するかのように。

「ッ！」

横合いから、雷撃が飛来する。

完璧な不意打ち。

精神状態が平常であれば、脊髄《せきずい》反射で対応していただろう。

だが、今の俺には望むべくもない。
ダメージが肉体に刻まれる。
臓腑《ぞうふ》が焼け爛《ただ》れ、手足が麻痺《まひ》し、立つことをもままならない。
けれども、体に負った損傷ならば、治癒の魔法でどうとでもなる。
――しかし。
心に受けたダメージは、どうにもならなかった。
「エラルド、さん……！」
校庭の只中《ただなか》に一人立つ少年。
エラルド・スペンサー。
俺にとっては数少ない同性の友人もまた、今やこちらに敵意を向けていた。
その立ち姿と鋭い瞳に、心痛を覚える。
だが、彼も奴も、我が胸中など慮《おもんぱか》ることなく。
『神の子、だったかな』
『彼はそのように呼ばれ、もてはやされていた』
『実際のところ、この時代水準で考えれば、規格外の天才と言えるだろうね』
『けれど、君にとっては凡俗の子に過ぎなかった』

『だから君との決闘は、一方的な展開となったわけだけど』
『今の彼は正真正銘、神の子と呼ぶに相応《ふさわ》しい力量を持っている』
『さぁ――リベンジマッチといこうか』
悪魔の言葉に促されるかの如《ごと》く。
対面に立つエラルドが、動いた。
「……《ギガ・フレア》」
右手を前へと突き出した瞬間、紅《あか》き魔法陣が展開され――
ゾクリと、背筋に悪寒《おかん》が走る。
気付いた頃には既に、俺は後方へと跳んでいて。
だからこそ、直撃を防ぐことが出来た。
上級火属性魔法《ギガ・フレア》。
かつての決闘において、エラルドが最大最高の奥義《おうぎ》として用いたそれ。
当時の《ギガ・フレア》は俺からすると、現代準拠の劣化版に過ぎず……
〝これは、魔法《わ》の創造者《たし》に対する侮辱ですね〟
〝お見せしましょう、本物の《ギガ・フレア》を〟
かつての一幕が脳裏をよぎる。

そう、あのときの《ギガ・フレア》は偽物《にせもの》だった。

しかし今、エラルドが発動して見せたのは。

大地から天へと伸びる、その巨大な火柱は。

紛れもなく、完璧な《ギガ・フレア》であった。

「……まだまだ」

両腕を広げ、呟くエラルド。

その周囲に無数の魔法陣が顕現する。

多重詠唱《マルチ・キャスト》。現代においては不可能とされる技術だが、しかし、改変されたエラルドにとってそれは児戯にも等しい容易な業《わざ》に過ぎないのだろう。

「……行け」

放たれしは、膨大なる《メガ・フレア》。

巨大な球体状となった業火《ごうか》が、無数に飛び来たる。

「くッ……！　エラルドさん……！」

回避と防御に集中しながらも、俺は叫んだ。

叫ばずにはいられなかった。

「思い出してくださいッ！　本当の貴方をッ！」

エラルドとの関係は単純なものではない。

初印象は最悪に近いものだった。

ジニーに対する苛《いじ》めをやめさせるために、俺は彼と決闘し……圧勝。

そのとき、エラルドがこちらに見せた畏怖の情を受けて、俺は心の底から確信した。

こいつとは決して友人になれぬ、と。

我が力に対し恐れを抱いた以上、もはやその時点で関係は終わっているのだと。

だが……それは愚かな勘違いだった。

「いかに改変されたとしても……心のどこかに、残っているはずだ！　メガトリウムでの出来事を！　皆と共に私を助けに来てくれた、あのときのことを！」

かの宗教都市にて、俺は元・配下であるライザーの奸計《かんけい》に嵌《は》まり、危機へと陥ったことがある。

心身共に、危うい状況だった。

そんな俺を助けてくれた、多くの学友達。

その中に、エラルドの姿も交ざっていたのだ。

「来るはずはないと、そう思っていた……！　貴方と私の関係はもう、終わっていて……！　もはや交わることなど、ないのだと……！　しかし、貴方は言ってくれた！　友《ゆう》誼《ぎ》の関係を結びたいと！　それが私にとって、どれほどの救いだったか！」

エラルドの行動と言葉が、俺に気付きをもたらしてくれた。

前世にて孤立したのは、圧倒的な暴力を有していたからではない。

心を通わせていなかったからだ。他者と本気で、向き合っていなかったからだ。

自分を曝《さら》け出し、理解してもらう努力を怠らず、交流と対話を積み重ねたなら。

どんな相手だろうと、友になれる。

現代に転生したことで、俺はさまざまなモノを得た。

その中でも、エラルドが与えてくれた気付きは別格であった。

それゆえに――

「戻ってくれ！　エラルド・スペンサー！　お前は悪魔の支配に負けるような男では――」

滾《たぎ》る思いを微塵《みじん》も隠すことなく、言い放つ。

その途中で。

すぐ真横から、何者かの気配。

急接近するそれに対し、俺は無意識のうちに動いていた。

そう、意図したものではない。

わかっていたなら。認識が出来ていたなら。こんなことを、するわけがない。
俺が、まさか。

——不意を打たんと迫ってきた親友を、傷付けるだなんて。

それは本当に唐突で。脈絡もなく。
だから、信じられなかった。
目前にある光景を、理解出来なかった。理解することを拒否していた。
しかし。
あぁ。
いや。
こんなことが。
こんなことが、あって——
『たまるかと、言いたいのだろうけどね』
『現実だよ、ハニー』
『君は傷付けたんだ』

『風の魔法で。奇襲を仕掛けたあの子を迎撃した』
『酷《ひど》い有様《ありさま》だねぇ。ほら、手足が千切れかけてるじゃないか』
『あ~あ、可哀想《かわいそう》だなぁ』
『────ほんっと、可哀想だなぁ。イ、イリーナ、ちゃん』
悪魔の声が。悪魔の意思が。
逃避しようとする俺を、羽交い締めにする。
目が離せない。
地面に倒れ伏した彼女の姿から、目を背けられない。
「イリーナ、さん……？」
呼びかけても、微動だにしなかった。
風の刃によって切り刻まれた全身。大量の血液を噴き零《こぼ》す傷口。
血だまりの中に横たわる彼女の姿に、俺は。
俺は。
『そっくりだねぇ、あのとき、と』
『君が僕の娘《リディア》を手に掛けたときと、本当によく似ているよ』
フラッシュバックする。

彼女を、親友を殺したときの、出来事が。
――俺はまた、殺したのか？
――悪魔に操られた、親友を。

頭が真っ白になった。
もう、何も考えられない。
だから、俺は。
避けられなかった。体が動かなかった。
動かす気にも、なれなかった。
すぐ横から、エラルドが発動した、炎の魔法が飛んでくる。
巨大な火球を、俺はまともに貰《もら》った。
着弾の衝撃と、灼熱《しゃくねつ》の痛み。
気付けば地面を転がっていた。
制服が焼け焦げ、肌が爛れ、凄《すさ》まじい痛みをもたらしてくる。
けれども、気にならなかった。

気にすることが、出来なかった。
「俺、は……イリーナ、さん……俺は……」
奇妙な感覚。
何をしているのかと思う自分が居る。
早く立って、状況に対応せねばという焦燥がある。
なのに、実際に取っている行動は、別物。
「こんな……嘘《うそ》だ……ありえない……」
ぶつぶつと呟《つぶや》くだけで、何もしない。何も出来ない。
まるで壊れた人形のようだった。
『あ～あ。相も変わらず脆《もろ》いねぇ、君は』
『ホント、まったく成長してない』
『始める前の元気はどこへ行ったのやら』
悪魔の言葉にさえ、何も感じなかった。
『ほら、立ちなよ』
『まさかここで終わりにするつもりじゃないだろう？』
『立って抗《あらが》え』

『ほら』
『おい』
『……………』
『……もしかして、本当に諦めちゃったの？』
『ねぇ』
『冗談でしょ？』
『友情を証明するんだろ？　僕の思想を否定するんだろ？』
『ねぇ』
『なんとか言ってよ』
『なんとか言えよ』
『………………………』
『…………………』
『……わかった。もういい』
あまりにも、冷たい声だった。
失望と……絶望に満ちた声だった。
しかし、どうでもいい。

心が折れた。
奴《やつ》の言う通りだ。
あれほど、威勢が良かったのに。
勝たねばと、そう意気込んでいたのに。
今はもう、気力がなかった。
悪魔には勝てない。
抗ったところで無意味。
傷付きたくない。
傷付けたくない。
『今、とてもがっかりしているよ、ハニー』
『こんな幕切れは望んでいなかった』
『僕は、君が――』
『いや』
『もう喋《しゃべ》る意味も、価値も、ない』
消えてしまえ、と。悪魔は言外に、そう言った。
エラルドがやって来る。

俺にトドメ刺すために、やって来る。
だがそれでも、体は動かない。
俺が死んだ後はきっと、奴は全てを消すのだろう。
……全員、仲良く消えてなくなるのなら。むしろそれは。
「さようなら。最初で最後の――」
エラルドの口から、悪魔の声が放たれる、その最中。
〝……ゃ……よ……〟
諦観に支配されし心。
消滅を受け入れた魂。
俺を構成する情報の内側から。
〝……じ……ねぇ……よ……〟
声が、響いた。
〝折れてんじゃねぇよッ！〟
灼熱の音色。激烈な情動。

それは。その声は。

「……リディア」

無意識のうちに、口からポツリと漏れた、そのとき。

我が身の内側に、何か凄まじいエネルギーが生じ、そして――

発露する。

「っ……！」

瞬間、悪魔が息を呑《の》んだ。

エラルドの肉体を通して、奴の動揺を感じる。

その目前には。

――俺を庇《かば》うように立つ、リディアの姿があった。

けれど。

それも一瞬の出来事。

瞬《また》くと共に、あいつの姿は蜃気楼《しんきろう》のように消《き》え失《う》せて。

しかし、入れ替わるように。

「ざまぁないねぇ、アード・メテオール」

第三者の声と同時に、一陣の風が吹《ふ》き荒《すさ》び――
浮遊感。
何が起きたのか、理解するまでに時間を要した。
きっとメフィストもそうだろう。
ゆえに奴は、手出しをしなかったのだろう。
突如として現れた闖入《ちんにゅう》者。
俺は、彼女の脇に抱えられる形で、飛翔《ひしょう》に伴う気流を感じながら。
蒼穹《そうきゅう》の只中《ただなか》にて、その名を呼んだ。
「――エルザード、さん？」

第一〇六話　元・《魔王》様と、あまりにも意外な協力者

轟々《ごうごう》と響く大気の唸《うな》り声。
彼女は蒼《あお》き天空を、一直線に突き進んでいた。
離れていく。離れていく。
悪魔のもとから。
学園から。
けれども安堵《あんど》の情など皆無。
俺の中に芽生えたのは、疑問符のみだった。
「どう、して……？」
この身を抱え、一直線に飛翔する彼女の顔を見つめながら、俺は問い尋ねた。
……返答は、ない。
彼女は一つ、舌打ちを返すのみだった。
「なぜ、貴女《あなた》が……」

再びの問いに対しても、彼女は無言を貫いた。

白い美貌《びぼう》に苛立《いらだ》ちを宿しながら。

……わからない。

相手の思惑が、まったくわからない。

「……私の身柄を浚《さら》ったのは、ご自身の手でトドメを刺すため、ですか？」

三度目の問いに対して、彼女は鼻を鳴らし、

「お友達を奪われたショックで頭が悪くなったのかな？　いや、君の頭はもともと馬鹿だったか」

そのつもりがあったなら、既に殺している、と。

彼女の罵倒にはそんなメッセージが隠されていた。

ゆえに俺は、困惑する。

我々は決して、助け合うような仲ではない。

むしろ……敵対関係にあると言ってもいい。

「貴女は私を憎んでいたはずだ。そうでしょう？　……エルザードさん」

沈黙する彼女の横顔を見つめながら、俺は過去の記憶を掘り起こした。

狂龍王《きょうりゅうおう》・エルザード。我々の前に現れた強敵の一人。

彼女とは二度の衝突を経験している。

最初のそれは今年の春。

学園に入学したばかりの俺達へ、上位貴族の令嬢・ジェシカとして接近し、イリーナを誘拐した。

そして第二のそれは、つい先日のこと。

アルヴァートの奸計《かんけい》に乗る形で、エルザードは我々の前に立ち塞《ふさ》がり……

イリーナの手によって、打ちのめされた。

それらの顛末《てんまつ》からして、どのように捉えても、我々は友好的な関係とは言い難《がた》い。

むしろエルザードは今もなお、俺達のことを憎んでいるのではないか?

それがなぜ、こんな、救助めいたことをしている?

強烈な違和感と疑問が、先刻まで心中を支配していた絶望を上回っていた。

彼女とて、そんなこちらの心情は把握していよう。

だが、それでもエルザードは無言のまま空を飛び続け――

「ここらへんでいいか」

呟《つぶや》くと同時に、急降下。

人気のない平野へ降り立つと、抱えていた我が身を、地面に放り投げた。

乱暴な扱いを受け、地面を転がる。

そんな俺を見下ろしながら、エルザードは言った。

「……君を助けたわけじゃない」

か細い声を出した唇は、一文字に引き結ばれて。

白い美貌が、不機嫌な色調へと染まる。

「自惚《うぬぼ》れてんじゃねぇよ、バァ〜カ。ボクはもう、君にはなんの興味もない」

「……では、どうしてこのようなことを」

またもや沈黙するエルザード。

しかし、無反応というわけではなかった。溜息《ためいき》を吐《つ》いたり、頬を紅《あか》くしたり、空を見上げたり、白金色の髪を掻《か》き毟《むし》ったりと、感情豊かな姿を見せてくる。

それからしばらくして。

「…………あいつは、君との約束を破ったことがあったかな？」

「あいつ、とは？」

「………………君といつも一緒に居る、あいつだよ」

「その条件に該当する方は何名かおられるので。具体的に誰のことを指すのか――」

「イリーナだよッ！　あの銀髪馬鹿は約束を守る奴なのかって聞いてんのッ！　それぐら

い察しろよッ！　この鈍感野郎がッ！」

なぜだかわからんが、怒られてしまった。

顔を真っ赤にして、肩を怒らせるエルザード。

その様子に怪訝《けげん》を覚えながらも、俺は彼女に答えを返した。

「イリーナさんが約束を破ったことなど一度さえありません。彼女は誰よりも誠実で、立てた誓いに反するようなことは決してない。だからこそ、彼女は皆から愛されている」

「…………ふぅ～～～ん」

さも無関心といった態度、だが。

口元が僅かに、ニヤついているような。

その様子は、まるで。

「……イリーナさんに何か、期待されているのですか？」

「…………あぁ？　なんだよ、お前。ボクが下等生物と友達になるわけないだろ」

「いや、私は別に、そのような具体的な指摘をした覚えはありませんが」

「…………」

「まさか、エルザードさん。貴女、イリーナさんのことを――」

「誘導尋問してんじゃねぇよッッ！　この卑怯者《ひきょう》がぁあああああああッッ！」

紅潮した顔をさらに赤くして、雷撃を放ってくる。

それを躱《かわ》しながら、俺は。

「救い出そうと、しているのですか？　イリーナさんのことを」

「うるさい馬鹿ッ！　いちいち聞くな馬鹿ッ！　くたばりやがれ、この馬鹿ッッ！」

この受け返しが何よりの答えだろう。

エルザードが俺を連れて危地から脱したのは、イリーナのため。

彼女を救わんとする意思の、表れだったのだ。

「……まさか、貴女がそんな心変わりをするなんて」

よく見れば、エルザードの瞳には大きな変化があった。

憎悪《ぞうお》がない。己以外の全てに向けられていたそれが、今は微塵《みじん》も感じられなかった。

彼女をそうさせたのは、きっとイリーナであろう。アルヴァートの心を変えたように、エルザードが抱えていた闇さえも、彼女は払《はら》い除《の》けてしまったのだ。

「やはり素晴らしいな。我が親友は」

雷撃の雨あられを回避しつつ、俺は微笑した。

そんなこちらの姿に、エルザードは攻撃の手を止めて、

「……ふん。少しは落ち着いたようだね。とはいえ――」

紡《つむ》がれようとした言葉は、しかし。

次の瞬間、別人の口から、放たれた。

『そうだね。どんな精神状態になろうとも、現実は変わらない』

周囲一帯に響き渡った悪魔の声。それを耳にした瞬間、エルザードは眉根を寄せ――

俺は、全身を萎縮させた。

『アハハハハハハ！』

『珍しいねぇ、君のそんな姿は！』

『……愉快だけどイライラするよ、ハニー』

嘆息交じりの言葉に俺は無言を貫いた。

エルザードとのやり取りで芽生えた穏やかな情など、もう欠片《かけら》も残ってはいない。

逃げていた現実が、目の前に現れたことで、俺の精神状態は負け犬のそれに戻っていた。

「……チッ。しっかりしろよ、アード・メテオール」

舌打ちついでに出されたエルザードの言葉を、そのとき、悪魔が肯定した。

『ホントそれ』
『君って存在感はないけれど、存在意義はあるみたいだね』
『え～っと、エンデバーちゃんだっけ？』
ふざけた調子で投げられた問いに、彼女は苛立った様子で、
「……エルザードだ。二度と間違えんな、クソガキ」
『あぁ、はいはい。エルプレーサーちゃんね、りょ～かいりょ～かい』
喧嘩《けんか》を売っていると、そのように捉えたのだろう。エルザードの額に青筋が浮かぶ。
だが、メフィストはまるで気にしたふうもなく、
『君の乱入は僕にとって、完全なる想定外だった』
『あのタイミングで学園の外部から救援がやってくるだなんて、思いもしなかったよ』
『興味深いねぇ、実に』
『白状してしまうと……君の存在自体は把握していた』
『けれど、特に目立つこともない悪役として、なんの注目もしていなかった』
『それがまさか、僕に想定外を与えてくれるとはね』
学園での落胆振りが嘘《うそ》だったかのように、メフィストの声には活力が満ちていた。
そして奴《やつ》は宣言する。

遊戯《ゲーム》の、続行を。
『ハニー、君にもう一度チャンスをあげよう』
『学園での結果はなかったことにして』
『今新たに、真の最終決戦《ラスト・ゲーム》を始める』
『ルールは単純明快』
『君が僕を消し去るか、僕が君を消し去るか』
『それだけだ』
『特別な内容は一切設けない』
『シンプルな力比べで決着を付けよう』
一連の言葉に、俺は絶望を感じざるを得なかった。
転生後の我が身は、古代世界における平均水準の力しか持ってはいない。
前世での経験や、《固有魔法《オリジナル》》の力によって、ある程度の底上げは出来るが……
しかし、それでも。
今の俺が、本気のメフィスト〈邪神〉に敵《かな》うはずがない。
……こちらの弱気は、奴にも伝わっていよう。
だが、メフィストはそれを無視して、滔々《とうとう》と語り続けた。

『僕は学園で君を待つ』

『好きなタイミングで仕掛けてくるといい』

『ただ……君も知っての通り、僕は気まぐれだから』

『到着したときに学園が愉快な有様《ありさま》になっていたとしても、責めないでおくれよ？』

明確な脅し文句に、怒りが沸き上がってくる。

しかし……折れた心を震わせるものでは、なかった。

『さて。次は持ち駒の確認だけど』

『そこの、えっと……エルなんとかちゃんは君にあげるよ』

『その気になれば容易《たやす》くこちらの手駒に出来るけれど、そうなると僕があまりにも有利だからね』

『結果がわかりきっているような勝負は、本当につまらない』

『だからほんの小さな可能性を残してあげる』

『……まぁ、今の君じゃあ、その可能性が拾えるかどうかわかったもんじゃないけどね』

大きな失望と、僅かな期待。

それを吐露してから、奴は。

『じゃあ、早速始めようか』

あまりにも静かな開幕宣言。
その直後——
四方八方から、激烈な殺意が飛び交った。
まるで世界の全てが敵へと成り変わったような感覚。
いや。
まるで、ではなく。
それは厳然たる、事実であった。
「ギィイイイイイイイイイイイイイッッ！」
怪鳥音に似た絶叫。
俺とエルザードは反射的に空を見上げ——眉根を寄せる。
「いつの間に、こんな」
「……烏合《うごう》の衆って言葉があるけれど、まさに文字通りの光景だな」
天には今、先刻まで広がっていた青はなく。
代わりに、無数の暗緑《あんりょく》が飛び交っていた。
膨大な飛竜の群れ。
蒼穹《そうきゅう》を埋め尽くさんとする、滅茶苦茶《めちゃくちゃ》な物量が、次の瞬間。

再びの咆吼《ほうこう》と共に、殺到する。

さらに。

時同じくして。

「シィァァアアアアアアアアアアアアアアアアッッ！」

地中より、巨大なワームが顔を突き出し、おぞましい鳴き声を響かせた。

天と地の二重奏。怖気《おぞけ》が走るほどの音響を経て、今——

苛烈な闘争が、幕を開ける。

「ギィイァアアアアアアアアアアアッ！」

「ジャアアアアアアアアアアアアアッ！」

飛竜と巨虫、互いが咆吼を放ち合い、そして、一斉に襲い掛かってきた。

天から鉤《かぎ》爪の一撃と火球が雨あられと降り注ぎ、大地にて巨虫の顎と消化液が迫り来る。

常人であれば三秒と持たぬ大攻勢。

しかし、それを前にしてもなお、エルザードは堂々たる佇《たたず》まいのまま、

「ハッ！　粋がるなよ、雑魚《ざこ》が」

刹那、眩《まばゆ》い閃光《せんこう》が奔《はし》り——全てを呑《の》み込んだ。

破滅的な光線の集積。

全方位へと突き進むそれが、飛竜と巨虫、ことごとくを無へと還《かえ》していく。
その姿にはなんの気負いもなければ、自負もない。
まるで象が蟻《あり》を踏み潰《つぶ》すかの如《ごと》く、エルザードは目前の大軍勢を片付けていた。
さすが、神話に名を刻みし怪物といったところか。
その一方で。
俺は、集中力を欠いていた。
「ッ…………！」
体が重い。
イメージ通りに動けない。
……相手方はメフィストの手によって強化された魔物達、ではあるが。
それでも、こんなふうに苦戦するようなものではないはずだ。
「チィッ……！」
迫り来る巨虫の顎門《アギト》を、俺は地面を蹴って回避し、跳びざまに攻撃魔法を発動。
一直線に伸びる灼熱《しゃくねつ》が、敵を灼《や》き尽くした。
……危うい。
反応速度が平常の半分以下。

魔法の威力もまた集中力の乱れが原因か、術式通りにならず、ひどく弱々しい。

まさに絶不調であった。

「……アァ〜ドくぅ〜ん？　どうしたのかなぁ？　お腹《なか》でも壊したのかい？」

煽《あお》り立てるエルザードの声に、俺はなんの反応も返せなかった。

心が、荒れに荒れている。

闘争に向き合う精神状態では、断じてない。

……戦う意義を、見出《みいだ》せなかった。

この局面を乗り越えたとして、次はどうなる？　その次は？　その、次の次は？

……勝てる気が、しなさすぎる。

前世にて、俺は幾度となく、奴の悪趣味な遊びに付き合い続けてきた。

敗れたことは一度さえない、が……その全てが形式上の勝利でしかなく、精神的にはむしろ敗北していたと言ってもよい。

メフィストは結末にこだわらない男だ。

自分が楽しめれば、勝っても負けても良いと考えている。

そうだからこそ、表面的には勝利し続けることが出来たわけだが……

あの悪魔は今回、初めて、本気を出すつもりでいる。

俺を徹底的に追い詰めて、表面的にも、精神的にも、完全なる勝利を得ようとしている。

……立ち向かおうという気概が、湧《わ》いてこなかった。

もし、そうしたなら。

きっと俺は再び、悪魔の計略に嵌《は》まるだろう。

その結果……我が手で、友を傷付けてしまうかもしれない。

頭の中で、つい先刻の映像がフラッシュバックし続けている。

傷付き、倒れ伏した、イリーナの姿が。

血の海に沈み、ピクリとも動かない、イリーナの姿が。

「もう、あんな思いは」

弱音が無意識のうちに口から零《こぼ》れた……そのとき。

「シィアアアアアアアアアアッッ！」

背後にて、巨虫の咆吼が轟《とどろ》く。

接近の気配を察し、振り向いた頃には、もはや手遅れだった。

開かれた顎門《アギト》が間近にまで迫っている。

回避は、出来ない。

「――――ッ！」

負傷を覚悟した次の瞬間。
真横から何かが衝突し、俺は宙を舞った。
地面へと落下する最中、視界に彼女の姿が映る。
俺を窮地から救った、エルザードの姿が、映る。
「ッッ……！」
目を見開いてからすぐ、巨虫の顎門《アギト》が彼女を捕捉し……華奢《きゃしゃ》な肉体が呑み込まれた。
「エルザード、さんッ……！」
救出せねば。
地面へと着地した瞬間、一も二もなく、そんな思考が脳内を埋め尽くした。
が、行動に移るよりも前に。
煌《きら》めく流線が巨虫の全身から放たれた。
それは敵方の内部にて、彼女が動いた証《あかし》。
一瞬の間が空いた後、巨虫の長大な体がバラバラに分割され……
「気持ち悪いんだよ、ド畜生」
エルザードが姿を現した。
外傷は皆無。白い肌と白金の髪が敵の体液で汚され、身に纏《まと》うドレスがボロボロになってはいるが、ダメージは微塵《みじん》もなかった。

それどころか、むしろ。

巨虫の狼藉《ろうぜき》は、狂龍王に激烈なエネルギーをもたらしていた。

「──失《う》せやがれ、糞虫共《くそむし》」

黄金色の瞳に凄《すさ》まじい怒気が宿ってから、すぐ。

視界を覆い尽くすほどの煌めきが、彼女の全身から放たれ──

気付いた頃には既に、竜の逆鱗《げきりん》に触れた愚者全てが、跡形もなく消え去っていた。

「……雑魚に全力を出すだなんて、屈辱にも程がある」

襲来せし魔物、全てを一瞬にして片付けてから、彼女はボソリと呟《つぶや》いて。

こちらを、見た。

責めるような視線に俺は、返す言葉もなく……

彼女の目から逃れるように俯《うつむ》いた、そのとき。

頬に衝撃が走り、次の瞬間、我が身は再び宙を舞った。

「無様だねぇ、アード・メテオール」

地面に転がった俺を見下ろす形で、エルザードが言葉を紡《つむ》ぎ出した。

「……挫《くじ》けてんじゃねぇよ、馬鹿野郎」

　嘆息し、白金色の髪を掻《か》き毟《むし》りながら。

　彼女は語る。自らの思いを。自らの、感情を。

「………君も知っての通り、ボクはイリーナに負けた。本当に、腹立たしくて仕方がなかったよ。あいつの言動は総じて不愉快で……特に、戦いが終わった後の台詞《せりふ》には殺意が湧いた。……いったい、なんて言ったと思う？」

　問いに対して、俺は言葉が出なかった。

　そんなこちらに舌打ちを返してから、エルザードは答えを口にする。

「……友達になろうとか、言いやがったんだよ、あいつは」

　きっと、気のせいではないだろう。

　彼女の口元に一瞬だけ、穏やかな微笑が浮かんだように見えたのは。

「馬鹿な奴《やつ》だと思ったよ。ボクは敵なのに。自分だけでなく、仲間まで傷付けたのに。あいつはボクのことを理解したような口を利《き》いてさ。本当に、腹立たしくて、腹立たしくて……………でも、そうだからこそ。信じてもいいかもしれないって、思ったんだよ」

　大きな大きな溜息《ためいき》。

　それから、彼女は真《ま》っ直《す》ぐに俺の目を見て、

「メフィスト＝ユー＝フェゴール。この名は、ボクも認知していたよ。けれどボクが生ま

れた頃には、君も奴も居なかったから。どれほどの存在なのか、知る由《よし》もなかった。

…………同じ時代に生まれていたなら、きっとボクは奴に殺されていただろうね。メフィストの姿を一目見た瞬間、そんなふうに確信したよ」

言葉とは裏腹に、エルザードの瞳には弱気な情など微塵もなかった。

奴の力を感じ取ってなお、彼女は立ち向かおうとしている。

「……なぜ、貴女《あなた》は、そんな」

「逆に聞きたいね。どうして君はそんなザマを晒《さら》しているのかな？　どうして君はあんな奴の言葉に惑わされているのかな？　……以前、君はボクに言ったよね。私の友人を侮辱するな、と。その言葉をそっくり返してやるよ。他人が何を言おうと、何をしようと、自分の中に在る友情は本物だろうが。そんなこともわかんねぇのかよ、この大馬鹿野郎」

黄金色の瞳に、強烈な情念が映る。

エルザードと俺の関係は、今なお友好的なものではない。

だがそれゆえに、彼女の言葉は総じて本心であろう。

遠慮なく、気兼ねなく、恥じらいなく、エルザードは自らの思いを叩《たた》き付けてきた。

「羨ましかったんだよ、本当は。

妬ましかったんだよ、心の底から。

君達の姿が。君達の関係が。

ボクも、君達と同じなのに。同じ、バケモノなのに。

どうしてボクだけが除《の》け者なんだろうって、そう思っていたよ。

アード・メテオール。君が手にしたそれは、ボクがずっと求め続けて……結局、得られなかったものだ。

それは何よりも綺麗《きれい》で、眩《まぶ》しく、尊い。

だから絶対に、否定しちゃいけないものなんだ。

だから絶対に、否定させちゃいけないものなんだ。

それを君は、無様に心を折って、あっさりと認めて。

馬鹿だよ。大馬鹿だ。この糞《くそ》馬鹿野郎。

ボクの目には、今もなお、君が大勢の友達に囲まれているように見える。

でも、君にはそれが見えないらしい。

――まったく。無様で、哀れで、愚かな奴だよ、君は」

彼女の言葉は、自らの悪感情で、俺を殴り倒さんとするものであると同時に。

蹲《うずくま》ったこの身を立ち上がらせようとする、そんな言葉でもあった。

その熱量が折れた心を灼き……次第に、灼熱の色へと染め上げていく。

心に芽生えた活力を感じながら、俺はエルザードへ問いを投げた。

「勝てると、思っているのですか？　あの悪魔に」

「あぁ、勝てるね。…………………お前とボクが組めばな」

そっぽを向きながらの言葉には、羞恥と確信が込められていた。

「ボクだけじゃ、無理だ。君だけでも、きっと無理だろう。でも……本当は嫌だけど。心の底から不愉快だけど。二人でなら、あいつに勝てる。そう考えてなきゃ、君を助けたりなんかしない。ボクは君が、心の底から大嫌いなんだから」

そして。

エルザードは真っ直ぐにこちらを見つめながら、手を差し出してきた。

「ボクは前に進みたい。君はどうだ？　アード・メテオール。……そろそろ弱音を吐くのも飽きてきただろ？　いい加減、立って歩けよ、この糞雑魚《ざこ》ナメクジが」

……諍《いさか》いを起こした相手と手を取り合うことなど、前世ではありえなかった。

《魔王》であった頃の俺にとって、敵は敵のままでしかなかった。

だが……思い返してみれば。

当時、不可能と思っていたことが、今は。

「……村人に転生したことで、私は弱体化した。ゆえにメフィストを討《う》つなど、断じて不可能と考えていましたが」

むしろ、逆かもしれない。

《魔王》ではなく、村人へと変わったがゆえに。

不可能を、可能にすることが、出来るかもしれない。

目前に立つエルザードの姿を見ていると、そんなふうに思えてきた。

だから、俺は──

「……かつて親友に、こんなことを言われたことがあります。落ち込んだら馬鹿になれ、と。ウジウジ悩んだところで状況は好転しない。であれば何も考えず、馬鹿になって、真っ直ぐ突っ走れ。……その言葉に則《のっと》り、私は今から馬鹿になります」

信じようと思った。

メフィストの言葉、などではなく。

エルザードの言葉を。

彼女の思いを。

彼女が信じる、俺と皆の友情を。

そして──

「私のことを、助けてくださいますか？　エルザードさん」

「ふん、やなこった。ボクは立たせるだけだ。後は自分でなんとかしろよ」

互いに、苦味を混ぜた笑みを浮かべながら。

——俺達は、手と手を取り合うのだった。

閑話　いじけ虫と、煌《きら》めく少女

燦々《さんさん》と降り注ぐ陽光の下。

黴塵の不穏もない学舎の只中《ただなか》で。

響き渡るは有象無象共の大合唱。

「こ、これは！　製法が失われた伝説のポーションじゃないか！」

「さすがです……！　メフィスト君……！」

「君は我が校始まって以来、いや、我が国始まって以来の天才じゃっ！」

室内に木霊《こだま》する礼賛《らいさん》は、一切の淀《よど》みなく。

そうすることが彼等《かれら》の正義であり、そして。

「チッ、調子に乗ってんじゃ——」

「こいつ！　メフィスト君を侮辱したぞ！」

「なんだと⁉　そんな奴に生きる価値はない！」

「メフィスト君を馬鹿にする奴は、どいつもこいつも死ねばいいんだ！」

寄って集《たか》って一人の生徒を惨殺《ざんさつ》する。

倫理も何もない。

特定の誰かを称賛し、全肯定することだけが、彼等の存在意義。

それに反する者はすべからく排除すべきだと、彼等はそう思っている。

悲鳴を怒号で掻き消し、不届き者をバラバラに解体するという残酷を誰も止めることはなく、むしろそれを称賛するのみで、何者もそこに疑念を抱かない。

「メフィスト君万歳！　メフィスト君万歳！　メフィスト君万歳！　メフィスト君万歳！」

「メフィスト君万歳！　メフィスト君万歳！　メフィスト君万歳！　メフィスト君万歳！」

「メフィスト君万歳！　メフィスト君万歳！　メフィスト君万歳！　メフィスト君万歳！」

「メフィスト君万歳！　メフィスト君万歳！　メフィスト君万歳！　メフィスト君万歳！」

教室の中に広がる、大音声《だいおんじょう》の中。

メフィスト＝ユー＝フェゴールは並べられた長机の上に腰を掛け、穏やかに微笑する。

絶世の美貌《びぼう》を笑ませて、皆々の姿を見回す姿は、天使のように可憐《かれん》で――悪魔のように、恐ろしいものだった。

「――あぁ、実にくだらない」

穏やかな笑みの向こうから底冷えするような冷気が放たれた、次の瞬間。

場に存在する有象無象ことごとくが全身を破裂させ、肉と骨と臓物と鮮血とを撒《ま》き散らし、室内に血の雨を降らせた。

紅《あか》き穢《けが》れを浴びてなお、彼は無機質な微笑を維持したまま、

「これのどこがいいのだろう。理解出来ないよ、ハニー」

脳裏に男の姿が浮上する。

ヴァルヴァトス。あるいはアード・メテオール。

この世界に存在する、ただ一人の同類。

他の生命が有機物と無機物の区別も付かぬような、無価値に等しきものである一方で。

彼だけが、メフィスト＝ユー＝フェゴールにとって唯一無二の、対等な人間であった。

「さて。そろそろ第一の襲撃をクリアした頃かな」

遠望の魔法を発動。

目前に鏡面が現れ、そこに映像が映った。

地面へ座り込んでいたアード・メテオールが、かつての敵と手を取り合い、立ち上がる。

そんな場面を目にして、メフィストは安堵《あんど》の息を漏らしながら。

「あぁ、よかった。立ち直ってくれたようだね」

天使の美貌に、形だけではない、真の微笑《ほほえ》みが宿る。

「それでこそだよ、ハニー。君は唯一、僕に敗北を教えてくれるかもしれない存在なのだから」

一息《ひといき》吐《つ》いて、それから、メフィストは鏡面から目を離した。

「さてさて。彼がここへやって来るまでの間、彼と同じ体験をして、彼に対する理解をより深めようと思ったのだけど――」

「飽きてしまわれたのですね。メフィスト君」

言葉を継いだのは、破裂の対象とならなかった三名のうちの一人。

ジニー・サルヴァンであった。

「あぁ、そうだね。だって酷《ひど》く退屈なんだもの」

この言葉に反応を見せたのは。

「どうして退屈なのか、理由が聞きたいのだわ」

シルフィー・メルヘヴン。

彼女の問いにメフィストは淡々と受け応えた。

「君達が、人ではないからさ」

あまりにも簡潔な真理。

これに対し、彼女が。

イリーナ・オールハイドが、言葉を返す。

「あたし達は人間よ。血も通っているし、心だってある」

メフィストの微笑が無機質なものへと変じた。

「なるほど。血肉の中に高度な知性を宿した存在こそは、確かに人間と呼ぶべきものだ。けれどねイリーナちゃん。それは君達のような有象無象の常識であり……それを掲げている限り、超越者の認識は理解出来ないのさ」

言葉を終えるや否《いな》や、メフィストは再び魔法を発動した。

再生、分解、組み変え。

室内に広がる血肉、骨片、臓物の塊が寄り集まり……再構築されていく。

それはまるで、悪夢のような光景だった。

グチャグチャの死体から、再び人へ戻った彼等は、ことごとくが奇形そのもので。

知能を低く設定したからか、誰もが呻《うめ》き声を上げ、夢遊病者のように移ろっている。

「うん。イメージ通りだね」

指を鳴らすメフィスト。

次の瞬間、奇形の集団となった彼等が、再び全身を破裂させ――

再生し、分解され、組み変わる。

今度は姿形こそ真っ当なものだったが、しかし、肉の内側にあるそれは、異常を極めていた。

「なに見てんだてめぇッ！」

「あぁッ!?　死ねよ糞《くそ》がッ！」

「どいつもこいつもブッ殺してやるッ！」

凄惨かつ醜悪な殺し合い。

己以外の全てを罵倒し、憎悪《ぞうお》し、平然と傷付ける。

その姿を見つめながら、メフィストは、

「――――うるさい」

もう一度指を鳴らし、そして。

蘇《よみがえ》らせていた生徒達を、バラバラな肉片へと、再変換する。

彼等の返り血を浴びて、全身を真っ赤に染めながらも、メフィストは眉一つ動かすことなく言葉を紡《つむ》いだ。

「見ての通り、僕は他者の全てをコントロール出来る。肉体も心も思うがままだ。好きなように殺し、好きなように復活させ、好きなように変えて、好きなように操る。そんなことが可能であるのなら、人間関係など、もはやあってないようなものなんだよ」

気に入らなければ、消してしまえばいい。

あるいは作り変えてしまえばいい。

メフィストにとってそれは造作もないことだ。

「せめて対象となる存在が限られていたのなら、僕も君達のような凡庸の常識を胸にして、愛と正義と平和のために力を振るうことも出来たのだろうね。でも……残念ながら、僕は彼以外の全てを思い通りに出来てしまうんだ」

だから。

「人間とは、彼だけを指す言葉。だって彼は、彼だけは、僕の思い通りにならないから。僕の想定を、覆《くつがえ》してくれるから。けれど……君達はダメだ」

無機質の中に冷気を潜ませて。

メフィストは、右の人差し指をシルフィーへと向ける。

「実のところ、ほんのちょっぴりだけ君には期待していたんだよ、シルフィーちゃん。君は僕の娘《リディア》と親しくて、その気概を継承した唯一の存在だから。もしかしたなら、僕の想定を覆し……本物の人間として接してくれるのではないかと、思っていたのだけど」

細めた瞳に刃のような鋭さを宿して、彼は言い続けた。

「君はどこまでも想定通りだった。今もこうして、僕に操られるがままだ。所詮君も他の連中と同様に、有機物の皮を被《かぶ》った無機物に過ぎない」

そして、メフィストは。

心内に生じた負の情念を理不尽な暴力へと変えて、叩《たた》き付けんとする。

「僕はね、期待を裏切られるのが一番嫌いなんだよ」

シルフィーへと向けられた指の先に、魔法陣が顕現する。

もはや彼女の末路は決まっていた。

このまま一瞬にして、シルフィーは床に散らばる肉塊の一部に加わるだろう。

メフィストにとってそれは、覆し難《がた》い状況であり――

そうだからこそ。

「やめ、な、さいッ……！」

そのとき。

目に映った光景はまさしく。

歓喜に値する、想定外であった。

「…………君は。あぁ、そうか。そういえば、そうだったな。うん」

目を大きく大きく見開いて、それを凝視する。

シルフィーを庇《かば》うようにして立つ、イリーナの姿を凝視する。

彼女は依然として、メフィストの支配下にあるはずだった。

認識を狂わせられ、彼の命令には逆らえず、口から出される言葉も自己意思とはまったく関係のない、空虚なもの。

にもかかわらず、今。

イリーナは命令されてもいない行動を取った。

メフィストの支配から、ほんの僅かではあるが、抜け出していた。

「友、達、を……傷、付ける、奴《やつ》は……許、さない……！」

激しい炎のような意思。

それを目にして、メフィストは。

「ふふ。ふふふふ。ふふふふふふふふふふ」

頬を紅潮させ、合わせた手を口元へ移し、唇を笑みの形へと歪《ゆが》ませた。

「血筋なんてものに価値を感じたことなんて、一度さえなかった。僕にとっては妻と娘だけが家族の全てであって、それ以降の血縁に興味なんかなかった。……そんな考えが、今、大きく変わったよ」

メフィストの目に宿ったそれは、強烈な愛。

けれどもその情念には、只人《ただびと》が見せるような尊さなど微塵《みじん》もない。

悪魔の愛とは常に、おぞましいものだ。

「あぁ、イリーナちゃん。君に興味が湧《わ》いてきたよ」

天使の顔に悪魔の笑みが浮かぶ。

そして彼は、己が子孫を見つめながら。

「正気の君と話がしたい。ゆっくりと、ね……」

第一〇七話　元・《魔王》様と、狂龍王の真実

差し出された手を掴《つか》み、立ち上がってから、すぐ。

俺はエルザードに問いを投げた。

「メフィスト＝ユー＝フェゴールを純粋な暴力で以《もっ》て打倒する。古代世界に生まれた者であれば、誰もが不可能と断言するような目標ですが……何か策はお有りですか？」

エルザードは腕を組み、眉間に皺《しわ》を寄せながら答えた。

「そんなものがあったなら、こうして君と手を組んだりはしないよ」

だろうな、と心の中で呟《つぶや》く。

彼女からしてみれば、俺と協同するという行為自体が苦肉の策そのものであろう。

それを選択した理由は、やはり。

「……君は古代において、奴との最終決戦《ラスト・ゲーム》に勝利したんだろ？　伝え聞いた話によると、そのときも今回みたく単純な暴力のぶつけ合いだったとか」

当時と同じように立ち回れば、僅かながらも勝機はあるのではないか、と。

エルザードはそのように言いたいのだろう。

しかし……かの決戦がいかなる顚末《てんまつ》であったか、それを知る身としては、後ろ向きにならざるを得ない話だった。

「まず結論から申し上げると。我々はメフィストを封印することに成功しただけで、勝利したとは認識していません。むしろアレは……敗北に等しい結末でした」

忌《い》まわしき記憶を掘り起こす。

当時、俺達は世界の大半を手中に収めていた。

《邪神》……当時は《外なる者達《アウター・ワン》》と呼ばれていた彼等《かれら》は、もはやメフィストを残すのみという状況。

そこで俺は、選択を迫られたのだ。

「生き残った唯一の《邪神》、メフィスト＝ユー＝フェゴールを討伐するか。それとも……奴が提示した和平条約を締結し、問題を先送りにするか。悩みに悩んだうえで、私は」

後者を選択した。

理由は様々あるが、中でも取り分け大きかったのは、

「……貴女《あなた》もご存じやもしれませんが。私は《勇者》・リディアに強い友情、だけでなく、

恋慕の情をも抱いていました。メフィストとの決戦に臨めば、誰が命を落としてもおかしくはない。無論それはリディアとて同じこと。そのリスクを取ってまで、私はメフィストを討《う》とうとは思えなかった」

だから俺は、現状維持を選択したのだ。

……その思いを素直に伝えることが出来ていたなら、結果は違っていたかもしれない。

「私の決定にリディアは猛然と反発した。彼女にとってメフィストは自らの父であると同時に、母の仇《かたき》でもある。奴を討ち取ることを最大の目的として活動していた彼女は、私のもとへ詰め寄り……」

「こじれた、か」

溜息《ためいき》交じりの言葉に、俺は首肯を返した。

この後悔はきっと永遠に消えることはないだろう。

素直に気持ちを伝えることが出来なかった。

お前を失いたくないのだと、ただ一言口にするだけでよかったのに。

実際、口に出された言葉は。

「そんなに死にたいのなら勝手にしろ。……そんな私の言葉に応ずる形で、彼女は軍を動かしてしまった。結果、リディアの軍勢は壊滅的な被害を受け……彼女は、メフィストの操り人形へと改変された」

そして、残虐非道の限りを尽くさんとする彼女を、俺は。

「……《勇者》・リディアの名誉を守るために、私は、自らの手で」

心を灼《や》き尽くさんとする後悔の念と喪失感は、やがて復讐《ふくしゅう》心へと変わり……

そして俺は、メフィストの討伐を決定した。

「あの時代において、奴を憎まないような者は居なかった。特に我が軍は上層部のことごとくが奴への復讐に燃える者ばかりで。そうだからこそ、突然の宗旨替えに対する反発は、一切なかった」

生き延びたリディアの手勢を加え、我々は総力を以て奴に挑んだ。

「我が軍の面々は良くも悪くも個性的で、それゆえに連携とは程遠いような連中だった。しかしそんな彼等でさえ、メフィストを討たんとしたあの一戦においては足並みを揃《そろ》え、協調性を見せていた」

我が軍の仕上がり方は、まさしく最高潮。

そのうえ、敵方のもとへ向かう道すがら、味方の数は増えに増え続けていった。

「メフィスト討伐。その意思に同調したのは人間だけではなかった。人とは決して交わろうとしなかった異種族さえも我が軍に合流し、同胞として戦う意思を見せた。中には、エルザードさん、貴女の同族も交ざっていましたよ」

「……あぁ、知ってる」

どこか複雑げな表情を浮かべたエルザード。

その内情にはあえて触れることなく、俺は語り続けた。

「世界そのものが、奴の存在を拒絶しているのだと。かの大軍勢はそれを証明するような有様《ありさま》となっていました。生きとし生ける者、全てがあの悪魔を否定し、この世から除かんとする。ゆえにこの一戦は間違いなく我々の勝利になるだろうと、私はそう考えていました。いかにメフィストとて、世界の全てを敵にして勝てるわけがない。きっと私だけでなく、皆、そのように確信していたでしょう。しかし――」

俺達は、勝てなかった。

メフィスト＝ユー＝フェゴールは単独で我々を迎え撃ち、そして。

「なにゆえ、奴がそれまで単純な暴力を用いた勝負をしてこなかったのか。その所以《ゆえん》を、我々は思い知ることになった」

あの戦に参加し、生き残った者からすれば、開幕から終幕に至るまで、全ての記憶がトラウマであろう。

俺も例外ではない。

「……世界の全てを相手取ってなお、奴は余裕を崩さなかった。まるで赤子の手を捻《ひね》るかのように、奴は我々を蹂躙《じゅうりん》し……」

ただ一手のみ、俺が放った奇策が奴にとっては想定外だったらしい。

メフィストは喜悦を以てそれを受け入れ……

「私は、奴を封印することに成功しました。しかし抹殺を目的にしていた我々からすれば、それは敗北に等しいもので……そもそも封印という結果自体、奴の手心によるものでしかなかった。メフィストが本気になっていたなら、きっと我々は」

今、こうして大地に立ってはいないだろう。

「…………つまり、君もボクと同様に、無策だと？」

エルザードの言葉を否定することは出来なかった。

奴に対し、真正面からぶつかって勝てる可能性は皆無。

かつての一戦における表面的な勝利は、メフィストの気まぐれが招いたものに過ぎない。

もし今回の勝負が奴にとって、普段の遊戯となんら変わりないものだったなら。

僅かながらも、勝ち目はあったろう。

だが今回、奴は初めて、本気を出すと宣言した。

勝つために動くと、断言して見せた。

「……正直に申し上げれば、策らしい策はありません。しかし」

俺達が成そうとすることは、蟻《あり》の群れが巨竜を打倒せんとする姿に等しい。

ハッキリ言って絶望的。

だがそれでも。

諦めるという選択は、彼方《かなた》へと投げ捨てている。

「策もなければ、勝算も皆無。さりとて……打つ手はあります」

現段階において、希望の光など寸毫《すんごう》も見えない。

けれどもまだ、足掻《あが》くことは出来る。

その積み重ねが勝機に繋《つな》がることを信じて。

……エルザードも同じ気持ちだったらしい。

「具体的に、どうするというのかな？」

「ある《魔王外装》を、回収しようかと」

この返答に、彼女は考え込むような仕草をして、

「……《魔王外装》。確か、転生前の君が創造したという、六六六種の強力な魔装具、だったかな。以前ボクとやり合ったときも、それをいくつか用いていたね」

「ええ。そのうちの一つに《破邪吸奪の腕輪》というものがあります。まずはこれを回収

すべきかと。何せかの腕輪はメフィスト討伐戦における切り札として創られたもの。今の我々には必須の品であると断言できます」

《破邪吸奪の腕輪》。これに秘められし力は名が示す通り、力の吸奪である。

周囲に存在する生命体から魔力を始めとする様々な力を奪うことで、装着した者を際限なく強化。逆に、敵方は腕輪の力によって弱体化していくため、いずれ確実に彼我の力量差が逆転する。

よってこの外装を装着した者は理論上、無敵の存在になるわけだが……

これを用いてもなお、あの悪魔を討つには至らなかった。

無敵をも超える最強。それこそがメフィスト＝ユー＝フェゴールという怪物だ。

ゆえに腕輪を得たとしても、現状が打破出来るわけではない。

さりとて持ち得なかった場合、そもそもスタートラインに立つことさえ不可能。

腕輪の獲得は勝利条件ではなく、前提条件である。

「じゃあ早速、その《破邪吸奪の腕輪》とやらを回収しに行こうか」

「……そうしたいのは山々ですが。その前に、いくつかの過程を踏まねばなりません」

「過程？」

「ええ。かの外装はあまりにも強力であるがゆえに、悪用されぬよう厳重な封印が施されています。それを解除するためのアイテムが七種。これを集めねば、腕輪を得たところで意味がありません」

《魔王外装》は総じて、俺だけが操作出来るよう設定されてある。が、万一、術式を改竄《かいざん》され、誰にでも扱えるようになってしまった場合……《破邪吸奪の腕輪》は史上最悪の外装へと変化を遂げるだろう。

何せ装着した時点で、それがいかなる弱者であろうとも無敵の存在へと変えてしまうのだ。もしも悪辣な者がこれを用いてしまったなら、それこそ世界の破滅もありうる。

そうした事態を防ぐために、俺はかの腕輪に対して過剰なまでの封印措置を取ったのだ。

「……まぁ、当然といえば当然だけれど」

面倒臭げに息を吐きつつも、エルザードは納得したらしい。

「で？　そのアイテムとやらはどこにあるのさ？」

腕輪の封印を解くためのそれは世界各地に分散する形で、秘匿の封を施してある。

その中でここからもっとも近いのは――

「ヴィラムド山脈。エルザードさん、貴女の住処《すみか》にて一つ、保管されています」

この言葉を受けて、彼女は一瞬、目を大きく見開くと、

「……ウンザリするね、まったく」

何か思うところがあるのか。エルザードは俯《うつむ》きながら、深い溜息を吐《つ》いた。

「山の中に入るのは心底不愉快だけれど…………仕方がない、か」

そう呟《つぶや》くと、彼女はおそらく、転移の魔法を発動しようとしたのだろう。

しかし。

「……チッ。どうやら妨害術式が展開されているようだね」

「ふむ。ただの嫌がらせか、それとも、時間を稼いでいるのか。いずれにせよ、転移の魔法が使えないとなると」

「…………なんだよ。ジロジロ見てんじゃねぇよ、気持ち悪いな」

きっと彼女は、俺と同じ対応策を思い浮かべているのだろう。

だからこそ拒否感を示しているわけだが。

「エルザードさん」

「……別の手があるだろ、たぶん」

「エルザードさん」

「……そもそも、焦《あせ》る必要なんか」

「エルザードさん」

「…………」

「エルザードさん」

笑顔を浮かべながら、追い詰めていく。

やがて彼女は白金色の髪を掻《か》き毟《むし》り、

「あぁもうッ！　わかったよッ！　やればいいんだろ、ド畜生ッ！」

どうやら折れてくれたらしい。

「では早速、参りましょうか」

かくして。

俺とエルザードは、逆襲の一歩を踏み出すのだった――

◇◆◇

竜族はもっとも古い種族の一つとして認知されている。

その存在は天地開闢《てんちかいびゃく》の頃より確認されており、一説によると超古代よりもさらに以前の時代において、彼等《かれら》は世界の支配者として君臨していたという。

そうした歴史もあってか、竜族は極めてプライドが高く、実に排他的な種族であった。

彼等は総じて森や洞窟、あるいは地下世界などを自らの領域として、生涯をそこで過ごす。外部へと出るようなことは滅多になく、その排他性ゆえに決して他の種族に心を開くことがない。

ヴィラムド山脈を支配領域としていた白竜族も、例外ではなかった。

とはいえ他の竜族に比べ、僅かばかりの協調性があったのか、それとも打算的な意図があったのか。

古代におけるメフィストとの最終決戦《ラスト・ゲーム》において唯一、ヴィラムド山脈の白竜族は参戦を表明。我々と共に肩を並べ、命懸けで戦ってくれた。

戦後、彼等の協力に対して俺は感謝の意を示すべく、いくつかの特権を付与し、さらには彼等が好むであろう宝物の類《たぐ》いをも贈呈。

そのうちの一つが、《破邪吸奪の腕輪》を起動させるのに必要な、封印解除のアイテムであった。

竜族は宝物に対する執着心が異常に高い。

自分にとってのそれと認識したモノに対して、彼等は平然と命を懸ける。

そうした精神性を利用し、俺は彼等に件《くだん》のアイテムの保護を任せたのだ。

「……ふん。さすが、《魔王》と呼ばれるだけのことはあるね。ずいぶんと腹が黒いじゃないか」

轟然《ごうぜん》と唸《うな》る大気の叫びに、彼女の太い声が混ざり合う。

エルザードは今、人の姿をしていなかった。

三対の翼を有する巨大な白竜。

真なる姿を晒《さら》しながら、彼女は天空の只中《ただなか》を猛然と突き進んでいた。

「その底意地の悪さ、ボクも見倣《みなら》わなくちゃいけないなぁぁぁ。狂龍王だなんて呼ばれてはいるけれど、ボクはただ暴力的なだけで、腹の中は白いからねぇぇぇぇ」

とてつもなく不機嫌な声音。

彼女が臍《へそ》を曲げているのはきっと、自らの背に人間《おれ》を乗せているからだろう。

誇り高い竜族の彼女にとってそれは、屈辱以外のなにものでもない。

そんなエルザードに対し、俺は苦笑しながら、

「仕方がないでしょう？　転移が叶《かな》わぬ以上、貴女《あなた》の背に乗せていただくのが、もっとも合理的な――」

「仕方がない？　それはつまり、ボクの背になんか乗りたくないけれど、仕方ないから我慢して乗ってやってると、そういう意味の言葉かなぁ？」

「――エルザードさん。貴女はどうにも、悪い方へと発想を飛ばす癖がお有りのようですね」

「ふん。実際、君は我慢してるんだろ？　なぁ？　君にとっちゃボクなんか、デカいトカゲだもんねぇ？　そんな奴《やつ》の背中なんて、ごつごつしてて居心地が悪いだろぉ？」

「……一戦交えたときのこと、まだ根に持っておられるようですね」

手を取り合ったとはいえ、我々の関係は良好とは言い難《がた》いようだ。

「はぁぁぁぁぁ……背中に人間なんか乗せる羽目になるわ、二度と入らないと決めてた場所に行くことになるわ。判断を誤ったかな、これは」

ぼやく彼女に対し、俺は怪訝《けげん》を覚えた。

「二度と入らない？　それはヴィラムド山脈のことですか？」

「……そうだよ」

「それはなんとも、異な事を申されますね。かの領域は貴女の住処でしょうに」

常々身を置き続けた場所に対して、二度と入りたくないとは、これ如何《いか》に？

そうした疑問に、エルザードは苛立《いらだ》ったような口調で受け応えた。

「……好きで居座ってたわけじゃない。あそこはもっとも効率的に体を癒やせる場所だったから、仕方なく身を置いてたんだ」

体を癒やす。

その言葉を耳にして、俺は彼女の過去に思い至った。

「そういえば貴女は一度、この世界を滅ぼす直前まで暴れ狂ったとか。そのときの傷を、数千年かけて癒やしていたというわけですか」

「……正確には、その、前から、だけどね」

「？　その前、とは？」

問いかけに対し、返ってきたのは沈黙であった。

どうやら言いたくないらしい。

であれば、無理に聞こうとは思わない。

まず間違いなく、それは彼女にとって、触れられたくない過去の一つだろうから。

その代わりに、俺は、

「……ふむ。見えてきましたね」

天を衝《つ》かんとする巨大な山々。

中でも取り分け標高の高いそれを見つめながら、俺は呟いた。

「よもや貴女と共に再訪することになろうとは」

あの山頂にて、以前、俺とエルザードは一戦交えている。

因縁深き舞台を目にしながら、感慨を覚える俺に、彼女は忌々《いまいま》しげな調子で反応した。

「ふん。勝ち誇りたきゃ、勝手にするがいいさ」

「いえ、決してそういうわけでは。……あ、エルザードさん、そろそろ下降してください。我々の目的地は山脈の内部であって、山頂ではありませんから」

「……チッ。乗り物扱いしやがって、クソが」

毒を吐きつつも、エルザードは俺の指示に従い、眼下に広がる濃緑の中へと降りていく。

やがて彼女は人の姿へと戻り……

俺達は地上へと降り立った。

土と草花の香り広がる、森林の只中。

エルザードは眉根を寄せながら、小さく呟いた。

「……大したもんだね、自然の生命力ってやつは。当時の痕跡なんてどこにもありゃしない」

薄暗さを感じさせる声音はおそらく、周囲の静寂に由来するものだろう。

このヴィラムド山脈は古来白竜族の住処であった。彼等はその排他性ゆえに侵入者を決して許すことはなく、この俺もまた前世にて彼等の手荒い歓迎を受けた覚えがある。

だが、今。

白き竜族の姿は確認出来ず、襲来の気配もない。

それも当然であろう。

ヴィラムド山脈を領地としていた白竜族は、既に滅び去っているのだから。

伝聞が真実であったことを自らの目で確かめつつ……俺は口を開いた。

「ここに棲《す》まう白竜族は、エルザードさん、貴女が滅ぼしたと聞きましたが」

彼女は何も返さなかった。

その沈黙こそが、答えであった。

……なにゆえ同族を手に掛けたのか。

好奇心はあるが、これもまた、あえて聞くまい。

俺は一つ咳払《せきばら》いをしてから、

「彼等は自分達の宝物を自作の迷宮にて保管していました。我々が求むる物もおそらくはそこにあるのではないかと」

件の迷宮は、ここからほど近い場所にある。

探知の魔法を用いて目的地へのルートを算出しながら、俺は歩き出した。

迷宮までの道中、エルザードは口を閉ざし、沈黙を保ち続けていたが……

どうやら冷静ではないらしい。

時折、攻撃魔法を放ち、その光線で以《もっ》て森を灼《や》いた。

ずいぶんと大きなストレスを抱えているようだが……慮《おもんぱか》っても、彼女は何一つ反応しなかった。

ギスギスした空気に滅入《めい》りながらも、俺は歩き続け、その末に。

目的地へと到着。

この白竜族の迷宮は山を刳《く》り抜《ぬ》いて造られたもので、外見的には洞窟のそれと変わりないが……しかし、巨大な出入り口から漂う瘴気《しょうき》は、尋常のものではない。

「……禁足地と言われるだけのことはあるね」

「禁足地？」

「あぁ。この迷宮は立ち入りを禁じられた聖域として扱われていたんだ。だからボクも入ったことがない」

「ということは」

「そうだね。何が待ち受けているのか、ボクでさえ見当が付かないってことだ」

「……どうやら此度《こたび》の冒険も、刺激的なものになりそうですね」

竜が創造せし魔窟。

それを前にしながら、俺は言葉を紡《つむ》ぎ出した。

「入りますよエルザードさん。よろしいですね？」

「…………あぁ」

俺達は同時に、迷宮の内側へと足を踏み入れた。

ここは白竜族にとって宝物の保管庫であると同時に、それを奪わんとする不届き者に罰を与える場でもある。

ゆえに探索者への配慮など皆無。

迷宮の内部には濃密な闇が広がっており、一寸先はおろか足下さえ確認出来ない。

「この暗さ……自然のものではありませんね」

迷宮の内にある暗闇は魔導仕掛《じか》けによるものであろう。

ランプなどの照明具だけでなく、一般的な光源の魔法さえも、この闇を晴らすには至らない。

さらに、この暗黒は探索者を弱体化させる効果も併せ持っているようだ。

「ふむ。エルザードさん。この仕掛けを解除する方法に心当たりは？」

「……言ったたろ。内部事情は何も知らないって」

嘘《うそ》を吐《つ》く理由もないので、彼女の言葉は本音であろう。

それならば。

「我が異能の面目躍如といったところでしょうか」

人類種にはごく希《まれ》に、説明が付かない異質な能力を持って生まれた者が居る。

俺もそのうちの一人で、有する異能は解析と支配。

それを用いることで、迷宮に仕掛けられた魔導を解析し――

暗闇に宿りし負の要素を解除。

続いて、光源の魔法を発動し、明瞭な視界を確保した。

「……相も変わらず出鱈目《でたらめ》だな、君は」

「恐悦の至り」

「褒めてねぇよ、ばぁか」

魔法によって創造されし煌《きら》めく球体が、周囲を明るく照らす。

そこに加え、探知の魔法を用いることでトラップを看過。

迷宮内部の仕掛けはこれで、おおよそ完封出来たと言っても良い。

とはいえ。

迷宮探索というのは、ギミックを攻略すれば終わりというわけではない。

もっとも恐ろしいのは、やはり。

「……広々とした内観から、もしやと思ってはいましたが」

目前に現れたそれを睨《にら》みながら、俺は小さく息を吐いた。

探索者を苦しめる最大の要素。それは住人の存在である。

自然発生した迷宮の場合、ダンジョン・コアがランダムに魔物を生成し、それが住人となって探索者を迎撃する。

迷宮内の魔物は野生の個体と比較して凶暴性が高く、そして何より、強い。

だがもっとも厄介なのは、人工の迷宮にて発生する魔物達だ。

人工迷宮は、生成される魔物を制作者が意図的に決めることが出来る。

創り出したダンジョン・コアの質によって、限界もあるが……理論上、神話レベルの魔物で迷宮内を満たす、といったことも可能だ。

今回のそれも、人工迷宮ならではの脅威であった。

「どうやら彼等《かれら》は、コアに土地の記憶を接続したようですね。そうすることで、自分達の複製を生成するよう設定した、と」

当然といえば当然か。

何せ彼等は超高等生物たる竜族の一種だ。

もっとも信頼出来る守護者とは、即《すなわ》ち自分達そのものであると。そのような考えに行き着いたのだろう。

ゆえに我々の目前に現れたのは、巨大な白竜であった、が……

「土地の記憶は常に、もっとも強烈なものだけが残る。その法則に沿った結果……エルザードさん、貴女《あなた》が一暴れした当時の記憶が、コアに反映されたようですね」
出現した白竜は、ボロボロの状態だった。
翼をもがれ、鱗《うろこ》を剝がされ……まるで、ドラゴン・ゾンビといった様相。
見るに堪えぬ姿に対し、俺は眉をひそめるのみであったが、しかし。
エルザードには、特別な思いがあったらしい。
「………久しぶりだねぇ、ファルシオン」
口元に、笑みが浮かぶ。
だがそれは友好的なものでは断じてなく。
むしろ――野獣が獲物を前にして、牙を剝《む》いたかのような、恐ろしい貌《かお》だった。
「すごく嬉《うれ》しいよ。二度もお前を、殺せるだなんて」
その後の行動は、何もかもが理知的だった。
こちらを敵と認識した白竜が動作する直前。
エルザードが攻撃魔法を発動。
彼女がファルシオンと呼んだ敵方の周囲に、そのとき、多数の魔法陣が現れ――
青白い光線が、放たれた。
取り囲まれた時点で、もはや躱《かわ》す術はなく。

ゆえに敵方は防壁を展開し、防ごうと考えたようだが。
「ははっ、学習能力ねぇんだな、お前」
嘲弄が吐き出されると同時に、光線が防壁をあっさりと貫通。
現れし白竜はやがて、無数の光線に覆われ、跡形もなく消失した。
「……死んでもなおボクを不愉快にさせるだなんて。まったく、たいしたもんだよ」
静かな呟《つぶや》きに宿りし情は、あまりにも冷ややかで。
その後の行動もまた、冷徹の極み。
探索の最中、我々は幾度となく白竜の襲撃を受けたが……
それらことごとくをエルザードが葬《ほうむ》った。
その動作は実に鮮やかで、なおかつ、思慮を尽くしている。
全力全開で暴れようものなら迷宮が崩壊し生き埋めになりかねない。
また、二次被害でコアを壊せば、あるいは欲《ほっ》するアイテムが破壊される可能性もある。
そこを配慮して、エルザードは周囲の被害を最小限に抑え込みつつ……えげつないほど
残酷に、平然と、同族の複製達を虐殺した。
激烈な怒気に満ちながらも、放つ空気は凍り付くほど冷ややか。
完璧な理性を保ちつつ怒り狂うその姿は、まさしく狂龍王と称すべきもので。

だからこそ俺は、彼女の心を案じた。

「……エルザードさん。ここらで少し、休みを取りましょう」

彼女はこちらを一瞥《いちべつ》すらせず……

つい今し方、素手で全身をぐしゃぐしゃに潰《つぶ》した同族の頭を踏みつけながら、笑った。

「ハッ！　君はボクと友達にでもなったつもりでいるのかなぁ？　だったらそれは勘違いだよ。ボクにとっちゃ君もこいつらも変わらない。……だから、その顔をやめろ。その目でボクを見るな。殺されたいのか、アード・メテオール」

危うい。

元々、エルザードの精神性は不安定なものだった。

イリーナとの激突を経て未来に対する希望を持ったようだが、それでも本質的な部分はまだ変わってない。

この場での出方を間違えれば、彼女との協力関係に修正不能な亀裂が入るやもしれぬ。

さりとて……こうした相手とのコミュニケーションは経験希薄。どのように接すればよいのかまったくわからん。

……リディアやイリーナだったなら、上手《うま》く相手の心に入り込むのだろうな。

と、自らの人間力のなさを嘆く中。

「…………チッ」

足蹴《あしげ》にし続けていた同族の頭部が、原形を失ったからか。

エルザードは舌打ちを零《こぼ》し、天井を見上げながら、口を開いた。

「……この迷宮は、ボクに嫌がらせをするために造られたのかな？」

この一言に対して生じた疑問を投げるか否《いな》か、迷いどころではあるが……沈黙を続けたなら、それはそれで不快感を与える可能性がある。

俺は緊張を覚えながら、エルザードへ問うた。

「我々の前に姿を現した白竜達は、貴女の顔見知り、だったのですか？」

質問に対し、エルザードはしばらく天井を見上げたまま、沈黙。

判断を誤ったか？

ジクリとした胃痛を感じた、その矢先。

「……竜族は自分達以外の種族全てを見下し、何者も認めることがない。特に人類への侮蔑は極めて強いものだ。数が多いだけの猿が地上の覇者気取ってんじゃねぇよ、ってね」

そのとき、彼女の白い美貌《びぼう》に浮かんだ笑みは、果たして自嘲のそれか。

あるいは……種族そのものへの、嘲弄か。

「笑えるよ、本当に。どいつもこいつも自分達の醜さを自覚していないのだから。ボク達も所詮、猿と見下してる連中と何も変わらないというのに」

深々と息を吐いてから、彼女は歩き出した。

その後ろに付く形で、俺もまた一定の歩調を刻む。

そうした道すがら、エルザードが不意に言葉を紡《つむ》ぎ始めた。

「高度な知性を有する生物は例外なく群れを作る。それは竜族も変わりがない。この山脈を住処《すみか》としていた連中もまた群れで生活し……必然的に、縦社会が形成されていた」

ここで一度区切ると、エルザードはいくらかの間を置いて、

「……ボクの生家は人間でいうところの王族でね。そんなところに生まれたものだから」

特別であるがゆえの差別。

エルザードは常に、それを受け続けてきたという。

「親しい相手なんて一人も出来なかった。けれど、辛《つら》くはなかったよ。こんなボクにも愛情を注いでくれる相手が居たから。……あの頃のボクにとっては、母だけが心の支えだった。母だけが居れば、それでよかったんだ」

最後にエルザードはか細い声でこう言った。

友情なんか求めるべきじゃなかった、と。

その瞬間――

「今度はお前かよ、ゼスフィリア」

新たに現れた傷塗《まみ》れの白竜を前にして、エルザードは無機質な表情のまま、

「お前のことなんか、信じなければよかった」

冷然とした殺意を瞳に宿し……踏み込む。

それは極めて感情的な動作であった。

今に至るまで、彼女は単調な作業をこなすかのように、冷然と同族を処理し続けてきたのだが……

今回のそれは実に荒々しい。

殴《おう》打《だ》。殴打。殴打。

見上げるほど巨大な竜を相手に、一方的な展開を見せるエルザード。

鱗を砕き、肉を打ち、骨を断つ。

素手によって実行された生々しい暴力は、万の言葉よりもなお、彼女の心理を物語っているように思えた。

やがて敵方は沈黙し……絶命。

撲殺した相手の亡骸《なきがら》を見上げながら、エルザードは一言。

「……馬鹿みたいだな、本当に」

誰に向けての言葉なのか、俺にはわからない。

全身を返り血で真っ赤に染めたまま、彼女は再び歩き始めた。

それから、しばらくして。

エルザードの口から言葉が漏れ出す。

「……さっき殺した奴《やつ》、さ。初めて出来た友達だったんだよ」

意外な台詞《せりふ》に、俺は思わず目を見開いた。

この狂龍王にも、友と呼べる相手が居たのか……と、胸の内で呟いた直後。

「まぁ、本当は友達じゃなかったんだけどね」

「……どういう、意味ですか？」

「ハッ！　皆まで言わずともわかるだろ？　王様として生きてきた君にならさ」

「…………友のフリをした造反者、ですか」

小さな首肯が返ってくる。

その表情は無機質なままだが、内側に秘めた情は筆舌に尽くしがたいものだろう。

「……王、あるいは王族の宿命、ですね」

「あぁ、そうとも。だからボクは、誰のことをも信じるべきではなかったのさ。けれど」

「孤独感は、いかんともしがたかった」

似ている。

俺とエルザードの境遇は、似通ったものがある。

「規格から外れているがゆえに孤立し……そうだからこそ、愛を注いでくれる存在に依存した。さりとて、依存は行き過ぎれば一体化を招く。やがて相手と自分の区別がなくなり……孤独感が、襲ってくる」

エルザードは母に。俺は姉貴分《オリヴィア》に。それぞれが依存していた。

そうすることで孤独を癒やしていたが、しかし……やがて相手の存在と感情を、当然のものとして認識するようになった結果、寂寞《じゃくばく》が常に心を苛《さいな》むようになった。

「誰でも良かったんだ。母さんと同じように、ボクを愛してくれるのなら。この苦しみから、解放してくれるなら。本当に誰でも良かった」

その相手こそが、先程手に掛けた同胞であったのだろう。

魔法を用いた瞬殺ではなく殴打による撲殺を実行したのは、それが原因か。

「特別なんだ。初めて出来た友達っていうのは、さ」

「ええ、そうですね。しかし、そうだからこそ」

「あぁ。そうだからこそ――」

「裏切られたなら、その怒りは表現出来ぬほど強いものとなる」

微笑するエルザード。

その表情が意味するところは、理解者を得たことによる喜悦……ではなかろう。

むしろ、逆だ。

我々は互いを理解し合えるが、そうだからこそ。

鏡写しのような存在に、エルザードは同族嫌悪《けんお》を抱いているのだろう。

「……王族を殲滅《せんめつ》し、自分とその一族が、空いた椅子に座る。あいつはそのために近付いてきたのさ。ボクから身内の情報を聞き出して。用が済んだと判断すると同時に……毒を盛ってきた。わけもわからず頽《くずお》れたボクに、あいつはこう言ったよ。――お前みたいなバケモノを、誰が愛するものか、ってね」

そして彼女は、全てを失ったのだろう。

「ボクが毒でくたばらなかったのは、奴等《やつら》にとって最大の誤算だったろうね。その場をなんとか脱して、ボクは母のもとへ向かった。でも……間に合わなかったよ。到着した頃には、もう」

彼女がなにゆえ、同胞を皆殺しにしたのか。

それは決して、望んだことではなかったのだ。

声音に宿る悲哀がその本心を伝えてくる。

「……当時はまぁ、本当にしんどくてさ。自殺も試してみたんだけど、ダメだったよ。ボクの体はあんまりにも頑丈なもんだから。自分で自分を殺すことさえ出来なかった。……君もそうだろ？　アード・メテオール」

「ええ。恥ずかしながら、まったく同じ経験をしたことがあります」

だからこそ俺は、自害ではなく転生を選んだ。

いや、選ばざるを得なかったと言うべきか。

どれほど望んでも、死という名の救いは得られない。そのように悟った俺は、何もかもをリセットしようと思った。別の誰かになりさえすれば、別の人生を送ることが出来る。その末に、絶望が希望に変わってくれるのではないかと、そう願って。

しかしエルザードはもはや、その気概さえなかったのだろう。

「ボクは眠りに就いた。二度と目覚めないことを祈って、ね。けれどダメだったよ。当然っちゃ当然だけどさ。なんせその眠りは、傷を癒やすためのものでしかなかったんだから。……で、目覚めて早々、またもや不愉快な経験をする羽目になった」

嘆息してから、エルザードは続きを語る。

しかし……彼女にとってその出来事は、同胞殺しよりもなお辛い記憶だったのだろう。追憶を防ぐためか、口から出た情報は実に断片的なものだった。

「ボクの眠りを妨げた奴が居てね。そいつは亡国の王女だった。そいつは言ったよ。ボクに魂を捧《ささ》げるから、国を奪い返してくれって。……それからまぁ色々あってね。二人目の友達が出来た。同族共はきっと、地獄で嘲笑《あざわら》っていただろうね。竜が人間を好きになるだなんて、ボク達の常識からすると、ありえないことだから」

エルザードは、そうした同族達のことを否定しなかった。

それは即《すなわ》ち。

非常識な関係性が、彼女に二度目の痛みを与えたことを意味している。

「……貴女《あなた》が抱えていた世界への憎悪《ぞうお》は、それが原因ですか」

やはり答えは返ってこなかった。

何も言うことなく、エルザードは淡々と歩き続けるのみだった。

……彼女と一戦交えた際の記憶が、脳裏に蘇《よみがえ》る。

あの凄《すさ》まじい負のオーラを当時は不可解に感じたものだが、しかし全てを知った今、何もかもが理解出来た。

二度の裏切り。二度の失望。

本気で愛したからこそ、その痛みは凄絶であったに違いない。

世界を灼《や》き尽くしてなお癒えぬほどの傷を、エルザードは負っていたのだ。

しかし――

「それでも、貴女は」

言葉の途中。

それを最後まで紡ぎ終えるよりも前に。

我々は、迷宮の最奥《さいおう》へと辿《たど》り着いた。

荘厳《そうごん》なる彫刻が施された巨大な門を、エルザードが片手で押し開く。

果たしてその向こうには、開けた空間が広がっていて。

我々を待ち構えるように、一人の女性が立っていた。

床にまで届くほど長い白金の美髪。

白磁のような肌と随所に見られる竜の鱗《うろこ》。

華奢《きゃしゃ》な体を包む純白のドレスは、まるで誂《あつら》えたように、エルザードが纏《まと》うそれと同一で。

よく見れば。

その美貌《びぼう》もまた、彼女のそれと瓜二《うりふた》つだった。

「……この迷宮には自己意思があるんじゃないかと、そう思える程度には悪辣だな」

エルザードの顔に宿った悲哀が、対面に立つ女の正体を物語っていた。

ダンジョン・コアが土地の記憶を読み取り、最奥の間の守護者として創り出した存在。

それは——

「こんな形で再会するとは思わなかったよ、母さん」

悪辣。

彼女が今し方口にした単語が、これほど相応《ふさわ》しい状況もあるまい。

かつて心から愛し、そして失った、己が命よりも尊き存在。

それを目前にしたエルザードの胸中は、いかなるものか。

「あ、あ、あ……ああああああ…………」

守護者の口から異音めいた声が漏れる。

その顔に表情はない。

娘との再会に対する感慨など、どこにもない。

当然だ。

アレはエルザードの母を模した、一体の魔物に過ぎないのだから。

彼女とて理解してはいるだろう。

だが、しかし。

「……アード・メテオール」

我が名を呼ぶ彼女の声はまさに。

芽生えし諦観を、表するものだった。

「……ボクには出来ない」

幻聴が耳に響く。

亀裂が走ったようなその音は、彼女の心の有様《ありさま》を伝えるもので。

されど敵方にとっては、いかなる心境も関係はなく。

守護者はただ、己が存在の役割を全うするのみだった。

「あ、あ、あ……ああああああああああああああああああああッッ！」

けたたましい金切り声が放たれた次の瞬間、守護者の周囲に無数の魔法陣が顕現する。

幾何学模様の形状、黄金色に煌《きら》めく様相、全てがエルザードのそれと同一。

きっと彼女は幼い頃より、母から魔法の手ほどきを受けてきたのだろう。

無関係な俺でさえ感傷を覚えてしまう光景。

エルザードにとっては、特に堪えるものだったろう。

それを証明するかのように──

魔法陣から射出された膨大な光線が、我が身を貫かんと殺到してもなお、彼女は身動き一つ取れなかった。

「くッ……！」

体は動かずとも、心は別であったか。

生物としての防衛本能が働いたのだろう。俺が光線を躱《かわ》す最中、エルザードは自らを覆うように、半球状の防壁を展開。迫り来る熱源の群れから我が身を守らんとする、が。

狂龍王の母は、伊達《だて》ではなかった。

エルザードが展開した防壁は、俺でさえ簡単には砕けぬほど頑強性を誇っている。

だが敵方の光線はそれを平然と打ち破り──エルザードの全身を貫いた。

「ぐぁッ……！」

小さな悲鳴を上げながら、エルザードが地面へと落ちた。

数多《あまた》の光線によって貫かれた彼女は、肉体の大半を喪失し、今や胴の一部と頭しか残されてはいない。

石造りの床に衝突し、鮮血を撒《ま》き散らすエルザード。

常人であれば絶命必至の状態だが……竜の不死性は尋常のそれではない。

失われた部位が急速に再生していく。

その頃には敵方の攻撃が一時的な終了を見せ、ほんの一瞬だけではあるが、思考の時間が訪れた。

……表面的には二対一の状況。我々の有利と見えるが、しかし実態は別物だ。

先刻の発言通り、エルザードは戦闘の続行が困難な状態にある。

言い方は悪いが……今の彼女は足手纏《あしでまと》いでしかない。

ゆえに数的有利はこちらになんの益も与えることはなく、むしろ味方に気を配らねばならぬため、戦力のダウンに繋《つな》がってしまう。

「ここは短期決戦しかない、か」

《固有魔法《オリジナル》》の発動。

最強の切り札を初手で使用し、一気呵成《いっきかせい》に決着を付ける。

もはやそれ以外に手立てはない。

俺は意を決して、《固有魔法《オリジナル》》発動の詠唱を――

「きぃいいいいいいいいいいいいいいいッ！」

詠唱を紡《つむ》ぎ出す、直前。

守護者の口から奇声が放たれた。

それは攻勢の第二波を告げる合図、ではなく。

こちらの想定を覆《くつがえ》すような、最悪の事態を引き起こすための呼び声であった。

「これは……」

我が目前にて。

壁面と床、そして天井、空間を形成する六つの面に、巨大な魔法陣が浮かび上がる。

それがいかなる脅威をもたらすものなのか、俺は直感的に理解した。

「誓約の魔法と、因果率操作の合わせ技か……！」

特定の空間に干渉し、因果を書き換え、自分のルールを相手に押し付ける。

かような超高等魔法の使い手は極少数。

しかも、特殊な儀式を用いることもなく、こんな短時間で発動出来るとなれば……

魔法の才は、あのメフィストと同格やもしれぬ。

「なぜ、エルザードではなく、その母が守護者として選ばれたのか。それが頭の中で引っかかっていた」

敵方の魔法は既に発動済み。いまさら慌てたところでもう遅い。

俺は冷や汗を流しながらも平静を保ちつつ、現状を受け入れた。

「土地の記憶を基に生成される守護者は、その土地に存在した最強の個体を模したものとなる。即ち――」

母は強し。

それこそ、狂龍王よりも遥《はる》かに。

「きぃやぁあああああああああああああッッ！」

絶叫と共に、守護者が踏み込んでくる。

疾《はや》い。

気付いた頃には肉薄し、そして。

拳を繰り出してくる。

「チイッ……！」

紙一重のタイミングで回避。

そうしつつ、先刻妨害された詠唱を口にしようとするが。

「……ッ！　やはり、か……！」

感覚がない。

《固有魔法《オリジナル》》を用いようとする際に生ずる、あの独特の感覚が、我が内側より完全に消え失《う》せている。

これは先程、守護者が発動した魔法によるものだろう。

エルザードの母は、《固有魔法《オリジナル》》の封じ手を持っていたのだ。

いや、正確には。

「《固有魔法《オリジナル》》だけでなく、異能まで……！」

五体を用いての攻勢を躱しながら、俺は苦悶《くもん》を吐いた。

解析と支配。生まれ持った異能力《》。それを究極の領域へと押し上げ、一つの技とした《固有魔法《オリジナル》》。

今の俺は、その二つの発動権を奪われている。

翼をもがれた鳥は、きっとこんな気分になるのだろう。

「久方ぶりの、感覚だな……！　まったく以《もっ》て忌々《いまいま》しい……！」

実のところ、現状は初の体験というわけではない。

前世にて二回、俺は同じ状況に陥ったことがある。

それらを乗り越えたがゆえに、今の俺が在るわけだが……

しかしその経験は、現状を打破するためのヒントにはならない。

二度の窮地を脱することが出来た最大の要因は、背中を預け合うような味方が居てくれたからだ。

一度目はオリヴィア。二度目はリディア。

彼女等の存在がなかったら、俺はそこで終わっていただろう。

翻《ひるがえ》って。

過去と現在を比較してみると、そこには大きな差異があると言わざるを得なかった。

「う、ぐ……」

エルザードは今もなお再生の最中にある。

遅い。治癒の速度が、あまりにも。

それは彼女の意思を反映した結果であろう。

戦いに臨む気構えがない。

過去に屈服し、未来への希望を手放しつつある。

その姿が、俺にとっては──

「う、が、あぁあああああああああああああッッ！」

思考の最中、守護者が吼《ほ》えた。

それを皮切りに、繰り出される五体の速度が急上昇。

回避が、困難となった。

「ぬぅッ……！」

もはや目で追うことさえ不可能。

俺は歯を食いしばり、魔法を用いて全身の硬度を──

倍加した矢先、顔面に凄《すさ》まじい衝撃が走った。

皮膚、骨、肉だけでなく、魂さえも打ち砕かんとする一撃。

浮遊感と同時に視界が暗転し、意識の喪失を自覚した頃には既に、我が全身は壁面へと叩《たた》き付けられていた。

「ただの、打撃ではない、な……！」

竜族には独自の魔法技術がある。

それを用いたのか。あるいはこちらの常識を覆す何かを持っているのか。

脳震盪《のうしんとう》を始めとしたダメージを回復すべく魔法を発動せんとするが、上手《うま》く術式を構築出来ない。

幸か不幸か、相手方は追撃をしてこなかったが……

代わりに、標的を変えたらしい。

「エル、ザード、さん……！」

再生が完了しつつある彼女へと、守護者が踏み込んだ。

「ひっ……！」

エルザードの口から小さな悲鳴が漏れる。

その様子はまさしく、怯《おび》えた子供のそれ。

狂龍王の威容など欠片《かけら》も残ってはいなかった。

「母、さん……！」

縋《すが》るような声は、きっと奇跡を期待してのものだろう。

守護者に自己意思が芽生え、その形通りの存在へと変わる。そんなありえない未来を願うことしか、今の彼女には出来なかった。

しかし当然、そのような展開が訪れるはずもなく。

「きぃやぁあああああああああああああッッ！」

叫び声と共に、拳の一撃が放たれる。

脚を竦《すく》ませたエルザードが対処出来るものではない。

守護者は一切の躊躇《ためら》いなく、彼女の鳩尾《みぞおち》を突いた。

「が、ぁ……！」

無意識のうちに防御の魔法を用いたか、守護者の拳はエルザードの腹部を貫通するには至らなかった。

しかし俺と同じように壁面へと吹き飛んで――

石造りのそれに衝突し、亀裂を走らせたと同時に。

「あああああああああああッッ！」

負傷したエルザードを追撃せんと、守護者が地面を蹴った。

それは相手方を与《くみ》し易《やす》しと捉えた、守護者としての本能によるものでしかなく、決して我が子への執着が原因ではない。

けれどもエルザードの瞳には、そのようにしか映ってはいなかったのだろう。

「どう、して……！　母、さん……！」

一方的であった。

されるがままであった。

鈍い音が、絶え間なく鳴り響く。

「う、うぅ……！」

頭を抱え、蹲《うずくま》り、暴力に耐える。

まるで無力な子供といった姿に、俺は哀れみを覚える一方で――

強い苛立《いらだ》ちを、感じていた。

「何を、しているの、ですか……！」

ようやっと先刻のダメージが抜け始めたか。

困難であった術式の構築が可能となるや否《いな》や、俺は自らの負傷を回復するよりも前に。

「《スピア・ライトニング》ッ！」

属性魔法の遠隔起動。

刹那、守護者の真横に魔法陣が現れ……雷撃が放たれる。

不意を打ったはずのそれは、しかし、掠《かす》ることさえなかった。

脊髄《せきずい》反射的な超反応によって、守護者は我が一撃を平然と回避。けれどもその動作は、

先刻の返礼とばかりに、大攻勢を仕掛ける。

属性攻撃の雨あられ。

秒間にして千を超える、超高速連射。

激烈な暴力の嵐に呑《の》まれ、相手方は否応《いやおう》なく防戦一方となった。

が、たとえ直撃を与えたとしても、有効なダメージを刻むことは出来まい。

早業を重視した場合、一撃の威力は低下する。

ゆえにこれはせいぜい、目くらまし程度の効果しかなかろう。

——だが、それでいい。

俺は魔法の高速連射を続行しつつ、自らの肉体を硬化させ、そして。

嵐の中へと、吶喊《とっかん》する。

完全なる自爆行為。

自らが生み出した、膨大な属性魔法が織り成す暴力の渦へと、俺はあえて踏み入った。

それは相手方にとって予想外の事態だったのだろう。

己が魔法によって傷付きながら急接近するこちらの姿に、守護者はなんの反応も出来ず、

「——ご無礼」

「織り込み済みだ……！」

握り締めた拳を、顔面へと叩き込む。

先刻の意趣返しを受け、吹っ飛んでいく守護者。

その姿を目にしながら、俺は息を吐いた。

「ようやくの直撃、だが……致命傷にはなるまい」

あまりにも硬すぎる。

《固有魔法《オリジナル》》が使えぬ以上、守護者の肉体を断つことは不可能、か。

「奴《やつ》を討《う》ち取るには、やはり」

呟《つぶや》きつつ、属性攻撃を中断。

代わりに敵方の着地に合わせて、封印の魔法を発動。

守護者の周囲に幾何学模様が展開され……次の瞬間、その全身が煌《きら》めく球体に覆われた。

これで少しばかりの時は稼げるだろう。

俺は相手から視線を外し……エルザードへと目をやった。

蹲り、頭を抱え、全身を震わせている。

桁外れの治癒能力を有していても、心に負ったそれだけはいかんともしがたい。

俺はそんな彼女へと歩み寄ると、

「かつて一戦交えた時の記憶が蘇《よみがえ》るような、酷《ひど》い有様《ありさま》ですね、エルザードさん」

一拍の間を空けつつ、口元を嘲弄の形に歪《ゆが》め、

「当時も脳裏に浮かんだ感想、ですが――」

ゆっくりと顔を上げる彼女を、肉体的にも精神的にも見下しながら。

俺は、露悪的な言葉を投げ付けた。

「貴女《あなた》はやはり、強い暴力を持っているだけの糞餓鬼《くそがき》だ。メンタルはお子様のまま、一切成長していない。数千年も生きたうえでそのザマとは。いやはや、私なら恥ずかしくて自害するでしょうねぇ」

エルザードの反応は、一瞬の瞠目《どうもく》と……激しい憤怒《ふんぬ》。

歯噛《はが》みし、こちらを睨《にら》む彼女の姿を前にして、俺は嘲弄を微笑へと変えた。

やはり効果覿面《こうかてきめん》だな。

俺とエルザードは似た者同士だ。ゆえにこうした状況において、いかにすれば相手を立ち直らせることが出来るのか、誰よりも理解している。

「いい歳《とし》をして親離れも出来ていないとは。何が狂龍王ですか。幼稚王の間違いでは？」

優しさではなく、厳しさを。

愛ではなく、侮辱を。

即《すなわ》ち、エルザードが俺を立ち直らせたときに行った言動を、そのまま返してやればいい、

「ッッ……！」

こちらの意趣返しに、彼女は怒りのボルテージを上げていく。

その姿に微笑を深めながら、俺は口を開いた。

「困難に立ち向かおうとするとき、誰もが必ず抱く情念。それこそが怒りであると、私は考えています。この信条に当てはめて考えると……エルザードさん、貴女にはまだ、前進するだけの意欲が残されている」

先程、俺が見せた言動の真実を悟ったか、彼女は眉間に皺《しわ》を寄せて、

「……やっぱりボクは、君のことが嫌いだよ」

吐き捨てたその言葉には、確かなエネルギーが宿っていた。

そんな彼女に向けて、俺は嘘《うそ》偽りない心情を口にする。

「私は意外と、貴女のことを好きになれるかもしれません」

「は？」

何言ってんだ、気持ち悪い。

エルザードの表情が、そんな思いを物語っている。

けれども俺は、彼女に笑いかけたまま、

「争った際には微塵《みじん》の可能性も感じなかった未来が、もしかしたなら訪れるかもしれない。

友になどなれるはずがないと、勝手に思い込んでいたそれが、否定された瞬間……私の中で、前へと進む勇気が芽生えたのです」

エルザードという存在は俺にとって、イリーナを誘拐した狼藉者《ろうぜき》でしかなかった。

そんな相手と友好的な関係を築くことなど、想像も出来なかった。

だが……

「エルザードさん。貴女には怒りを覚えたこともありますが、憎しみを感じたことは一度もありません。むしろ、不思議な親近感があった。ゆえに心のどこかで、貴女との友好関係を望む自分も居たのです。……もっとも、当時は左様な未来が訪れることなど永劫《えいごう》にないと決めつけ、貴女との生活を夢想することさえしなかった」

けれど、今は違うのだと。

俺は目で訴えかけながら、言葉を紡《つむ》ぎ続けた。

「私は、貴女と築く未来に強い興味があります。そして何より……貴女がイリーナさんを始めとする、多くの人々を相手にして、いかなる未来を築くのか。私はそれを見届けたいと心から願っています」

貴女自身も、ここで立ち止まる気など、さらさらないでしょう？

言葉の内に潜む問いかけに、エルザードは一瞬、唇を震わせ——

それから。

「……ボクが、友達一〇〇人欲しいと言ったら、君は笑うか？」

「いいえ。むしろ親近感が強まりますね。何せ私も、同じ夢を抱いておりますから」

「……イリーナとの間を」

「ええ。取り持って差し上げましょう」

「……約束破ったら、殺すからな」

「どうぞご自由に。私は、いや、私達は決して、貴女を裏切りませんから」

そして俺は、少しばかり前、彼女がこちらへしてくれたように。

自らの手を、差し出した。

「私は貴女を立たせるだけでなく、親離れや友達作りの手伝いをもするつもりですが……そんな私に、何か言うことは？」

冗談めかした言葉を受けて。

エルザードは、こちらの顔をジッと見つめながら。

「ありがとう…………なんて、言うわけねぇだろ、ばぁ～か」

笑った。

それはかつて見せた、好戦的なものではなく。

純粋で、穏やかな、少女の笑顔だった。

そしてエルザードは、こちらの手を摑《つか》む。

弱気は完全に消し飛んだ。

繫《つな》がれた白い手から、前へ進もうとする力強い意思が伝わってくる。

「さて。共に参りましょうか、エルザードさん」

「……今回だけは、合わせてやるよ、アード・メテオール」

並び立ちながら、俺とエルザードは眼前の状況を見据えた。

守護者に掛けた封印の魔法。煌めく球体状のそれがヒビ割れ――

「う、が、あぁあああああああああああああッ！」

封じられていた敵が、姿を現した。

「今の私に彼女の肉体を断つだけの力はない。しかし」

「……あぁ。それはボクの役割だ」

重々しい声を吐き出すと同時に。

エルザードは己が手元へ、一振りの剣を召喚した。

身の丈以上の刀身を有するそれは、竜の骨を削り出して製造されたもの。

その刃は触れた物体、概念、ことごとくを両断し、ただの一撃で以《もっ》て敵を葬《ほうむ》る。

エルザードが手にしたそれは、絶対的な硬度を有する守護者の肉体をも斬り裂くだろう。

……無論、彼女がその決断を下せなければ、出来ぬことだが。

しかし、俺の心に不安はない。

「来ますよ」

「言われなくてもわかってる」

互いに身構えながら、敵方を睥睨《へいげい》し、そして。

「ご、がぁあああああああああああああああッッ！」

放たれし極大の光線を、回避する。

守護者はコミュニケーションを行う能力こそないが、闘争に関する知能は極めて高い。

その頭脳が接近戦を拒んだのだろう。

飛び道具を以て、こちらを近づけさせぬよう立ち回っている。

「エルザードさん、私が道を拓《ひら》きます」

「……あぁ」

目を合わせ、言外の意思を伝える。

凡庸な相手であれば読み取れぬほどの情報量だが、そこはさすが狂龍王といったところか。視線を交わせただけで彼女はこちらの意思を十全に把握したらしい。

後方へと下がり、エルザードは俺の出方を窺《うかが》う。
形式的には一対一の状況へと変化。
守護者は待機中のエルザードを警戒しつつも、その攻勢をこちらへと集中させた。
「ぎぃいいいいいいいいいいいッッ！」
光線の乱射。
馬鹿の一つ覚えではあるが、なかなかに厄介だ。
「回避と防御に集中せざるを得ない、か」
返礼を行う隙間さえ守護者は与えてくれなかった。
圧倒的な物量で以て、奴はこちらを押し潰《つぶ》さんとしている。
だが、それこそが皮肉にも。
エルザードを守護者のもとへ運ぶ、最大の要素となるのだ。
「もうあと七秒といったところだな……」
防壁を用いて光線を反射しつつ、俺はある場所へと目をやった。
それは……天井。
そこにはまるで設《しつら》えたように、巨大な岩柱が垂れ下がっていて。
先程からずっと、俺は反射の魔法で以て、その根元へとさりげなく光線を飛ばし続けていた。

迷宮の内部は魔法によって頑強性を増しているものの、決して不壊ではない。

それを証するように、次の瞬間。

光線によって岩柱の根元が折れ――落下。

その先には、守護者が立っている。

「ツッツ⁉」

頭上より襲来した突然の気配は、奴《やつ》にとって予想だにしないものだったのだろう。

一瞬、目を見開き、意識がそちらへと逸《そ》れた。

そして必然的に。

攻勢が、停止する。

「後は任せましたよ、エルザードさん」

刹那。

我が背後にて控えていた彼女が、力強く踏み込んだ。

敵方の静止はおよそ一瞬にさえ満たぬものだったろう。しかしながら、神話に名を刻むほどの猛者《もさ》にとっては十分に過ぎる。

守護者が落下する岩柱を粉砕し、再びの攻勢に出ようとした頃には、既に。

エルザードは敵の懐《ふところ》へと入っていた。
「るぅあッッ！」
裂帛《れっぱく》の気合いと共に、竜骨剣が虚空《こくう》の只中《ただなか》を奔《はし》る。
回避は不可能。
防御したとしても、かの刀身はその手段もろとも敵を両断するだろう。
勝利の二文字が脳裏に浮かぶ。
これにて決着——と、そう考えた次の瞬間。
「るがぁッッ！」
守護者が、吼《ほ》えた。
目前にて迫る刃に対し、避けるでもなく、防ぐでもなく。
奴は、第三の選択を見せた。
——竜骨剣の召喚である。
「きぃあッッ！」
手元へ呼び寄せたそれを、守護者は猛然と繰り出した。
激烈な斬速。
それはエルザードが執った剣に倍する疾《はや》さで彼女のもとへと殺到し……

後出しにもかかわらず、その刃が狂龍王の胴を斬り裂いた。
おそらくは守護者にとって、ここまでが想定の範疇《はんちゅう》であったのだろう。
岩柱の襲来時に見せた吃驚《きっきょう》は、こちらを油断させるためのフェイク。
果たして、奴は頼みの綱を切断し、勝利を自らのものにしたと――
そのように考えているのだろうが。
「それこそが、貴女《あなた》の敗因ですよ」
宣言すると同時に。
守護者の眼前にて倒れ行く、二分割にされた亡骸《なきがら》が消失し、そして。
「もう、迷うことはない」
敵方の背後より、声が響く。
竜骨剣を構えたエルザードの声が、響く。
「ッッッ⁉」
守護者の吃驚は、今度こそ真実のそれであろう。
ここに至り、奴はようやっと気付いたのだ。
自分が一手、読み負けたということを。
俺は守護者の策略を看破していた。

岩柱の落下と、それに伴うエルザードの接近は、ある現実を証明するための過程に過ぎない。

守護者が気を逸らした瞬間、俺はエルザードの分身を創り、本物には隠匿の魔法を掛けて、敵方の背後へと回らせた。

そして、守護者が分身を両断し、勝利を確信したことで。

証明が、完了したのだ。

即《すなわ》ち――

「お前は母さんじゃない」

もしも仮に、守護者が完全なる複製であったなら。

その肉体のみならず、心さえも同一であるというのなら。

きっと分身を斬ったそのとき、違和感を覚えていただろう。

我が子がこの程度で終わるはずはないと、そのように考え、警戒心を抱いたろう。

だが奴は、そうしなかった。

それこそが確証である。

所詮、奴は心なき器。

技と頭脳を複製しただけの人形に過ぎぬ。

であれば。

これを砕くのに、躊躇《ためら》いは不要。

「ギッ――」

「遅い」

振り向き、剣を繰り出すよりも前に。

エルザードの手によって、決着が付けられた。

迷いなき刃が狙い過つことなく守護者の首を捉え――切断。

微塵《みじん》の苦痛も与えることなく葬ったのは、彼女の内心にある愛ゆえか。

たとえ無心の器といえども、母と同一の形を持ったそれを苦悶《くもん》させたくはなかったのだろう。

――ともあれ。

「お見事です、エルザードさん」

拍手と共に、俺は彼女の勝利と進歩を祝福した。

「…………ふん」

そっぽを向くエルザード。

冷めた態度だが、その頬は僅かに赤らんでいて、

「……今回は、君が居なかったら、もっと苦戦していたかもしれない」

小さく、か細い声で、ぶつぶつと呟《つぶや》く。

そうして彼女は、

「だから、その…………………………………感謝してなくも、ない」

ほとんど聞き取れないほどの音量だが、こちらの耳には十分届いている。

エルザードもまたそれはわかっていよう。だからこそ彼女は唇を噛《か》んで、恥じらうように顔を俯《うつむ》けていた。

そんな狂龍王の姿に、俺は苦笑を浮かべながら、

「貴女には素直さが足りませんねぇ」

「……は？」

「お礼の言葉を述べる際は、朗らかな顔を作り、相手の目を見つめつつ、大きな声で。以上の三点を意識しつつ、もう一度やってみましょうか」

「……調子に乗ってんじゃねぇぞ、糞虫《くそむし》が。このボクが人間風情《ふぜい》に礼なんか口にするのは」

「素直でない者を、イリーナさんが好むとは思えませんが」

「っ……！」

「さらに言わせていただきますと。貴女は見目麗《みめうるわ》しい反面、性格は不細工です。それを直しませんと、友達一〇〇人など、とてもとても」

「っっ………………！」

ぐぬぬぬぬ、と唸《うな》り声を漏らし、こちらを睨《にら》むエルザード。

凡人であれば失神してもおかしくないほどの殺気だが、俺には通じない。

「気に食わぬ相手に殺気を飛ばすのも禁止です。むしろそういった手合いにこそ慈愛を向けるような度量を――」

「うっさい馬鹿！　誰がお前の言うことなんか聞くか馬鹿！」

顔を真っ赤にして怒鳴る彼女に、俺は嘆息を返した。

まぁ、今は緊急時だ。エルザードの人格矯正は、これを乗り越えた後でもよかろう。

「……ともあれ。守護者も仕留めたことですし、件《くだん》のアイテムを」

回収しようと提案する、直前。

「《来たれ》《終焉《しゅうえん》》」

短い詠唱が、なんの脈絡もなく響き――

ほとんど無意識のうちに、俺とエルザードは飛び退《しさ》っていた。

そして数瞬後。

今し方まで俺達が立っていた場所を、漆黒の炎が通過する。

「……見た顔だねぇ」

どこか忌々《いまいま》しげな調子で吐き出された、エルザードの言葉。

果たして奴の耳には、それが入っているのだろうか。

「終わらせに来た。お前達の抵抗を。お前達の、命運を」

虚《うつ》ろな瞳でそう宣言してみせたのは。

かつての我が配下であると同時に、宿敵でもあった、あの男。

――アルヴァート・エグゼクスが、我々の眼前に立ち塞《ふさ》がっていた。

第一〇八話　元・《魔王》様と、黒き死神

かつて《魔王》と呼ばれていた頃。

俺が率いた軍勢には、四天王という名の特別階級があった。

通常、軍の最高位は元帥であるが、四天王の権限はそこよりもさらに上。

その名が示す通り、彼等《かれら》は我が配下であると同時に、広大な支配領域の王でもあった。

かの役職は領土拡大や国家運営の効率化を目的として設けられたもので、その座に就いた者には強力な独断専行の権限と、大国に匹敵するほどの領地が付与される。

ゆえにその責任は重大であり、武力は当然のこと、知性、人望、大義への忠誠など、要求される条件は数多く、適任と見なすための水準もまた尋常ではない。

そんな四天王の座に就いた者は、歴代で一四名。

中でも取り分け、最後の四人は史上最高の能力を有していた。

オリヴィア・ヴェル・ヴァイン。

ライザー・ベルフェニックス。

ヴェーダ・アル・ハザード。

そして——アルヴァート・エグゼクス。

武力、人望、知性、軍才。彼等はあらゆる要素を完璧に満たし、ある分野においてはこの俺に並ぶほどの能力を有してもいた。

しかし、その一方で……

最後の四人となった彼等は、オリヴィア以外、全員が曲者《くせもの》だった。

ライザーは身元が判然とせず、独自の野心を抱えていて。

ヴェーダは己が享楽を何よりも重視し、こちらの命令をまるで聞かず。

アルヴァートに至っては常々、俺の命を狙い続けていた。

最後の四天王は歴代最高であると同時に、もっとも扱いづらい連中でもあったのだ。

オリヴィアだけは互いに気心を知り、実に長い付き合いということもあって、その関係性は極めて良好であったが……他の三人とは、およそ未来永劫《えいごう》、わかり合うことはないと、そんなふうに決めつけていた。

けれども。

転生後、紆余曲折《うよきょくせつ》を経た今、俺は過去の自分を愚かしく思っている。

わかり合えぬ者など、この世には存在しない。アード・メテオールとしての人生を送る中で、俺はそうした考えを抱くようになった。

友にはなれぬと断じた者が友となり、理解不能と断じた者の心を理解し――

そして、殺し合うことしか出来ぬと諦観した相手と、手を取り合った。

アルヴァートもまた、そのうちの一人だ。

ライザーとの共謀による大事件を経て、奴《やつ》は学園の一員となった。

それは即ち、我が生涯における、かけがえのない構成物の一つになったのだと、そのように断言することも出来る。

当人の意思は定《さだ》かでないが……

しかし、少なくとも俺は、アルヴァートと歩む未来に対して希望を抱いていた。

そうだからこそ。

「アード・メテオール。お前には、死んでもらう」

今。

眼前に立つこの男の姿が、ひどく痛ましく思えた。

石室の只中《ただなか》に突如として出現した、アルヴァート・エグゼクス。

その日は虚ろで、身に纏《まと》う空気も平常ではない。

……胃痛を覚えざるを得なかった。

無意識のうちに、俺は問題から目を逸《そ》らしていたのだろう。

メフィストの手によって改変されてしまった仲間達を、魔法ではなく、言葉と心の力で以《もっ》て元に戻す。そんな不可能を可能とせねば、此度《こたび》の一件は解決しない。

そして今、大一番がやってきたのだと。

現実はそのように伝えてくるが、しかし。

やはり何か、引っかかりを──

「敵を前にして考え事とは、随分と余裕だね」

凍り付くような冷気。

気付けば体がバネのように動いていた。

見えない力に弾《はじ》き飛ばされたかの如《ごと》く、真横へ跳ぶ。

エルザードもまた、こちらと同じタイミング、同じ動作で、真逆の方向へと跳躍。

二手に分かれる形で宙を舞う我々の間隙《かんげき》に、次の瞬間、再び黒炎が生じ──

左右へブワリと伸び進んできた。

まるで獲物を捕らえんとする触腕にも似た動作。それは鞭《むち》のように不規則な軌道で、蛇のように執念深く、こちらを追走してくる。

「チィッ！」

苛立《いらだ》ちがエルザードの口から漏れた。

彼女とアルヴァートには共謀の過去がある。おそらくは互いの力を把握していよう。

今、我々を襲う黒き炎は、触れた概念を問答無用で灼《や》き尽くす。

よって防御に意味はない。

それならば――

と、エルザードは俺よりも遥《はる》か先に、結論を見出《みいだ》したらしい。

「ボクが求める世界の中に、お前は必要ない……！」

殺意と共に、攻撃魔法を発動。

華奢《きゃしゃ》な肉体の目前に黄金色の魔法陣が発現し、間髪入れず、極太の光線が放たれた。

桁外れのエネルギーが凝縮されたそれは、高度な防御魔法を以てしても受けきれるようなものではない。

狂龍王が放った一撃は確実に、恐るべき力を秘めていたが、それでも。

アルヴァートは不動を貫いた。

些末《さまつ》の怯《おび》えもなく、堂々と。

王者の気風さえ漂わせて。

防御手段の一切を用いず。

アルヴァートは無抵抗のまま、煌《きら》めく超高熱に呑《の》まれて、消えた。

「なんとも、あっけな――」

「気を抜いてはなりませんッ！」

どうやら彼女は、奴の力を十全に知り及んでいるわけではないらしい。

今し方の一撃でアルヴァートの肉体は消滅し、一片すらも残ってはいないが……

しかし、それだけのことをしてもなお。


「――トカゲの物差しで測ってもらいたくないな」


背後にて飛来した声に、俺はなんの驚きも覚えはしなかった。

アルヴァート・エグゼクスは不死身だ。

それは比喩でもなんでもない。

特別な手段や過程を踏まねば、奴を殺し切ることは不可能。

それを知っていたがために、

「くッ……！」

俺は、背中越しにやってきた一撃を回避出来た。

しかしながら、情報を持ち得なかった彼女はその不意打ちに対し身動きが取れず、

「う、ぁ……！」

搦《から》め捕られた。

漆黒の炎に。

触れただけで、存在を灼き尽くす力に。

「エルザードさんッッ！」

血の気が引くとはこのことか。

俺は目を見開いて、彼女の状態を視認する。

即死……したわけではない。

黒炎が縄のように全身を縛り、嫌な音を立てながら、ゆっくりと灼いていく。

竜の再生能力など意味を成さない。

筆舌に尽くしがたい激痛が絶えず襲い来るのか、エルザードは堪《たま》らず膝をついて、苦悶《くもん》することしか出来なくなった。

「五分だ。残り五分で、そいつは死ぬ」

虚《うつ》ろな目をこちらに向けながら、アルヴァートは淡々と宣言した。

「仲間を救いたいなら僕を殺せ。君の異能を用いれば、不可能じゃあないはずだ」

そう口にするや否《いな》や。

アルヴァートの猛攻が、開幕する。

虚無の空間にて唐突に、闇色の炎が生じた。

それは奴の周囲を蠢《うごめ》くように這《は》い回り……

やがて一匹の大蛇を形成し、襲い来る。

それだけなら対応は難しくない。

奴の異能によって発生する黒き炎の厄介なところは、一切の予備動作がなく、そして。

「ぬぅッ！」

あまりにも唐突に、出現する。

それもこちらの目前だとか、背後、真横といった空間ではない。

相手が立つその場所に発生するのだ。

もしも回避出来なかった場合、対象は肉体の内部を闇色の炎によって灼かれ、一瞬にして死に至る。

「さすが、避けるのは上手だな、アード・メテオール」

その場から微動だにすることなく、アルヴァートは跳ね回るこちらの姿を見つめ続けていた。

我が内部を灼かんと発生する黒炎は、予備動作もなければ気配もない。まさしく究極の不意打ちだ。

それを躱《かわ》し続けることが出来ているのは、長年にわたる戦闘経験が培《つちか》った直感と、運によるところが大きい。

「変わらないな、お前は。土壇場《どたんば》になったときの決断力が足りてない」

冷え切った声が、俺の心にさらなる焦燥感と……違和感をもたらした。

もしや、とも思うが、しかし。

この推測さえも、メフィストの謀略やもしれぬ。

「迷いを抱くということは心に余裕があるという証《あかし》だ。……お前はまだ、現実が見えていないようだな」

黒炎を必死に回避し続ける最中、対面にてアルヴァートがボソリと呟《つぶや》き――

その直後。

「ぐ、ぁああああああああああああッッ！」

エルザードが、絶叫する。

「タイムリミットを一分早めた。残り時間はこれで、三分と一九秒」

それはおそらく、アルヴァートの抹殺に必要な最低限の時間であろう。

守護者の存在が消えた今、この空間に展開されていた異能封じの結界もまた消失している。

解析と支配の力が発動出来るのなら、アルヴァートを殺し切ることは可能やもしれない。

奴の存在は冥府と直結しており、その一部領域に棲《す》まう本体を討《う》たぬ限り、現実世界で幾度殺害しようとも復活を繰り返す。

ゆえにアルヴァートを仕留めるには冥府へ向かう必要がある。

さりとて、それは正規の手段。

俺の異能と、その究極形である《固有魔法《オリジナル》》を用いれば、不正なやり方でアルヴァートを斃《たお》すことも不可能ではなかろう。

だが……

「この期に及んで、まだ迷うのか」

読まれている。

こちらの胸中を、完全に読み取られている。

「何かを守るには。何かを救うには。別の何かを犠牲にしなければならない瞬間がある。

お前はそれを、《魔王》としての人生で学んだはずだ」

二者択一。

いかなる強者であろうとも、いずれ必ず、その局面はやってくる。

俺は常に最良の選択をし続けてきたと、当時はそう考えていた。

心を痛めながらも、それは王としての責任なのだと、自分に言い聞かせて。

自己の利ではなく、守護と救済の対象たる者達のために。

だが……

その末に得たものは何もなく。

むしろ俺は、二者択一の果てに全てを失った。

……また繰り返すのか？

脳裏に浮かんだ自問に拒絶を返そうとするが、そのとき。

「それは逃避だ。変えがたい現実から逃げるな、アード・メテオール。さもなくば……今すぐに、全てを失うことになるぞ」

アルヴァートの言葉が俺の心理を否定する。

二者択一を、強引に迫ってくる。

「選ばねば、ならんのかッ……！」

ここでアルヴァートを殺せば、エルザードを救うことが出来る。

しかしこのまま迷い続けたなら、エルザードの命が失われるだけで得るものは何もない。

ならば。

「殺せ。それがお前にとっての最善だ」

……この場は、そうする他ないのだろうか。

無限に時間を費やして良いのなら、万の言葉を尽くし、改変された心を元に戻さんと努力もしよう。

だが、こうした状況においては……

と、そのように考えた瞬間。

〝小賢《こざか》しく考えるから、上手《うま》いことといかなくなるんだよ〟

まるで我が思考に割り込むかのように。

リディアの声が、脳裏をよぎった。

……覚えがある。

あれは、そう、《邪神》の一柱との大戦《おおいくさ》を終えた後のこと。

肩を並べ、戦場から帰還するその最中、俺はあいつへこんな問いを投げた。

〝我が軍の損耗は試算された数字とほぼ同じ〟

〝その一方で、お前の軍が出した犠牲は試算のそれよりも遥《はる》かに少なかった〟

〝……それは此度《こたび》の戦だけではない〟

〝お前達は常に想定を上回る活躍を見せつつも、犠牲者の数は予想を大きく下回る〟

〝そこにはいったい、どのような絡繰《からく》りがあるのだ？〟

この言葉に対する返答が、先刻、頭の中に響いた声だった。

小賢しく考えるな、と。

そう述べてから、あいつは次のように語った。

〝頭を使わなきゃどうにもならねぇって局面はある〟

〝知恵働きが最良の結果をもたらすって考えは、否定するもんじゃねぇ〟

〝ただな、頭働かせて成功し続けた奴《やつ》ぁ、自分の頭脳に依存しすぎて、ここぞってときの嗅覚が衰えちまうんだよ〟

あいつは、俺の目を見つめながら、語り続けた。

まるで、師が弟子へ教えを授けるように。

〝ヴァル。お前は頭がいい〟

〝だから常に考えを巡らせる。どんなときも思考を止めねぇ〟

〝その結果、おおよその局面が計算通りに終わる〟

〝良くも悪くも、そこからはみ出ることはねぇ〟

想定を覆《くつがえ》すような展開を作りたいと、そのように願うのなら。

あえて馬鹿になる必要がある、と……そう言いたいのか。

俺が出した結論に対し、リディアはこちらの頭を乱暴に撫《な》でながら、受け応えた。

〝よく出来ました〟

〝やっぱお前、頭良《い》いよなぁ〟

〝だからそれを捨てるって発想がねぇし、今後もそれが出来るとは思えねぇ〟

〝けどな、そうしなきゃ前に進めねぇって展開が、いつかやって来る〟

〝そんときは――〟

師のように振る舞う彼女が、その瞬間、子に語りかける母のように、穏やかな顔をして。

〝仲間を信じろ〟

〝馬鹿になれなくてもいい〟

〝ただ、仲間を信じるんだ〟

〝自分の頭脳よりも、仲間の力を信じる〟

〝それこそ、最後の最後まで、な〟

覚悟が要る選択だと、そう思った。

当時の俺は常に、己が力を恃《たの》みとして、勝ち続けていたのだ。

それをあえて捨てねばならぬという選択には抵抗を覚える。

どうしようもない土壇場となれば、なおさらだ。

……結局、そうした考えは今でも根付いていて。

だから俺はダメなのだと、今このとき、悟りを拓《ひら》くに至った。

これまで保ち続けてきた有様を維持したまま、どうにかなる局面ではない。

二者択一を拒絶し、三つ目の択を得るには。

「……リディア、お前に倣《なら》うとしよう」

立ち止まる。

それは即《すなわ》ち――

回避の意思を投げ捨て、一撃必殺の攻撃をあえて受けにいく。

まさしく、自殺行為に他ならない。

「ッ……!?」

あまりにも想定外であったか、アルヴァートの目がそのとき、大きく見開かれた。

前後して。

黒き炎が殺到し、我が身を覆い尽くす。

それはまさに一撃必殺の力。

触れた物体、概念を、問答無用で消却し、冥府へと送る。

無限の霊体を持つこの俺でさえ、例外ではない。

だからこそ――

「血迷ったのか、お前は」

漆黒の炎に灼《や》かれ、死にゆかんとするこちらへ、アルヴァートは怪訝《けげん》の目を向けてきた。

「ええ。ある意味では、そうかもしれませんね」

秒を刻む毎《ごと》に自らの存在が薄れていく。

長くは持たぬという確信。

愚行を責める脳漿《のうしょう》の声。

しかし。

なればこそ、俺は口元に笑みを浮かべながら、言葉を紡《つむ》ぎ出した。

「貴方《あなた》もご存じの通り、私は心の根底において、誰のことも信じてはいない。恃《たの》みとするは己が力のみ。そうした悪癖を今、強く実感していますよ。……つい先程エルザードさんに対し、私は馬鹿になると宣言しておきながら、依然として、賢《さか》しさを捨てられなかった」

しかし、その愚かを自覚した今は。

「もしここにリディアが居たのなら。きっと溜息《ためいき》を吐《つ》いているでしょうね。出来るようになるのが遅いと、ダメ出しをしながら」

自分に残された時間はもう僅か。

けれども、不安や恐怖など微塵《みじん》もない。

リディアと同じ境地にようやっと立ちながら、俺は語り続けた。

「小賢しい知恵働きに恃んだところで、結局のところは花拳繡腿《かけんしゅうたい》。此度の戦は華麗なる美技を競うものでもなければ、優れた知性を魅せ付けるようなものでもない」

心だ。

あの悪魔が仕掛けてきたこの一戦は、心の勝負なのだ。

であれば、ただひたすらに。

「私は、信じます。最後の最後まで。己ではなく、仲間の力と、心を」

その果てに、たとえ我が身が朽ちようともかまわない。

覚悟の意思が胸の内を満たした、そのとき。

俺の思いに応えるかの如《ごと》く。

「う、お、ぁあああああああああああああああッッ！」

エルザードが二度目の絶叫を放つ。

だがそれは、悲鳴ではない。

状況を打破せんとする雄叫《おたけ》びであった。

そして――

勝負の命運が、愚者《われわれ》の手に渡る。

「ッッ⁉」

アルヴァートの口から漏れ出た驚声《きょうせい》。その所以《ゆえん》は、奴の背後に在る。

「お前……！　どうやって……⁉」

喀血《かっけつ》しながらも首を動かし、後方へと視線を移す。

そこには、死を待つばかりであったはずのエルザードが立っていて。

握り締めた竜骨剣の刀身で以《もっ》て、アルヴァートの胴を背後から貫いていた。

「竜族の魔法技術を、舐《な》めんじゃねぇよ……！　この、三下野郎が……！」

歯を食いしばり、手元に力を込め……刀身を上方へと引き上げる。

胸部から頭頂にかけて、アルヴァートの体が縦一文字に両断された。

が――

「チッ……！　殺し切れない、か……！」

エルザードが執る竜骨剣もまた、不死殺しの力を有するものだが、しかしアルヴァートのそれを覆すには至らなかった。

舌打ちを零《こぼ》すと、彼女は地面を蹴って、跳ねるようにこちらへ接近。

それからすぐ、

「……約束、破るつもりかよ」

「いいえ。貴女《あなた》が助けてくれると、信じていましたので」

不愉快そうに眉根を寄せながらも、彼女は右掌《てのひら》をこちらに向けて……なんらかの魔法を発動したのだろう。

その途端、我が身を灼き尽くさんとしていた漆黒の炎が飛散し、跡形もなく消え失《う》せた。

「……どうなってる」

再生を終えたアルヴァートが、ボソリと呟《つぶや》く。

その美貌《びぼう》に宿りし当惑は嘘《うそ》偽りないものだった。

「これも、お前にとっては計算通りというわけか。アード・メテオール」

「まさか。先程述べました通り、今の私は馬鹿になっておりますから。このような展開は想像さえしておりませんでした」

エルザードと肩を並べながら、俺はアルヴァートの姿を真《ま》っ直《す》ぐに見据えて、

「学園での一幕は、我ながら実に無様なものでした。あまりの想定外と、敵方に対する過剰な畏怖。それらが相まって、正道を見失っていた。しかし……今は違います。かつての親友と、そして」

「……なんだよ。ジロジロ見てんじゃねぇよ、気持ち悪いな」

「この新たな友が、私に歩むべき道筋を教えてくれた。賢しさを捨て、ただひたすらに信じ抜くこと。それこそが、再三に渡って投げかけられた、貴方の問いに対する答えです」

言い切ってから、少しの間を置いて。

俺は、心の中で蟠《わだかま》っていた疑問を、口にする。

「――アルヴァート様。貴方は改変の影響を、受けておられないのでは？」

対面にて、相手方の眉間に皺《しわ》が寄った。

それから僅かな逡巡《しゅんじゅん》を経て、奴は嘆息し……全身から放たれていた圧力を、消失させる。

「いつから気付いていた？」

「学園でのやり取りで、既に疑念を抱いておりました」

その考えに至った要因は二つ。

一つは、他の生徒達と違い、俺を未知の怪物ではなく、アード・メテオールとして認識出来ていたこと。そしてもう一つは、

「貴方の攻撃には、手心があった」

先刻まで続いた攻防においても、アルヴァートは本気を出していなかった。

ゆえに俺は、奴《やつ》が現実を正確に認識しているのではないかと、そう考えたのだ。

「改変されたように見せかけたのは、メフィストに悟られることなく、私を逃がすためだった。違いますか？」

返ってきた沈黙は、おそらく肯定とみなしてよかろう。

「本来なら、私は貴方の真意に気付き、すぐさま身を翻《ひるがえ》すべきだったのでしょうが」

「……あぁ。お前はパニックになった挙げ句、もう少しで殺されるところだった」

苛立《いらだ》ったような視線が奴の内情を伝えてくる。

その答え合わせをすべく、俺はさらに問い尋ねた。

「ご自身の現状を秘匿し、こうして我々を襲撃したのは……私の気概を、試すためだった」

ゆっくりと頷《うなず》きながら、アルヴァートが返答する。

「かつてメフィストを封印出来たのは、お前の力によるところが大きい。だが……あの時点において、お前が使い物になるかどうかは、わからなかった。心が折れ、足手纏《あしでまと》いに成り下がっていたのなら……いっそのこと、僕の手で殺してやろうと思っていたよ」

嘆息するアルヴァートに、俺は微笑を返した。

「私の答えは、貴方のお眼鏡に適《かな》ったようですね」

「……勘違いするな。殺すところまではいかないと、そう判断しただけだ。お前の考えを認めたわけじゃない」

鼻を鳴らすアルヴァートへ、俺は肩を竦《すく》めつつ、

「ともあれ。私達は貴方の協力を――」

「待てよ。ボクはまだそいつを信用してないんだけど？」

アルヴァートを睨《にら》み据えながら、エルザードがこちらの言葉を遮ってきた。

「どうして君は、改変の影響がないのかなぁ？　あのメフィストって奴がミスをしたとは思えないんだけど？」

「……あぁ、そうだね。メフィストは当然、僕にも改変の魔法を施したはずだ。何せ僕は放っておいたら厄介な存在だろうからね。忘れられてたお前とは違って」

挑発的な言葉に、エルザードは怒気を放ったが……アルヴァートはそんな狂龍王の様子

など歯牙《しが》にもかけず、問いに対する答えを口にした。

「僕は奴の因子から生まれた存在。いわば分身みたいなものだ。そうした出自がなんらかの影響を及ぼしたんだろう」

「ハッ！　そんな不確かな情報で納得しろとでも？」

「別に、お前が納得しようがしまいが、僕には関係ないね」

空気が、凍り付く。

互いに冷気を纏《まと》わせ、睨み合いながら。

エルザードとアルヴァートは、言葉をぶつけ合った。

「……道化の仮面を被《かぶ》ってた頃の方が、よっぽど可愛《かわい》げがあったんじゃないかなぁ」

「それを言うのなら、お前こそジェシカの皮を被ったままでいるべきだったな。今のお前はトカゲ臭いし、何より存在感が希薄だ」

「……君はアードやイリーナの命を狙っていたんだろう？　そんな奴がよくもまぁ、協力者のツラして出てこれたもんだね」

「はぁ。お前は知能までトカゲ並か。使い物にならないな」

「……あぁ？」

「自分の発言が自分自身に返ってくるものだと理解してない。この時点で阿呆《あほう》の極みだ。

アード・メテオールとイリーナ・オールハイドの命を狙ったのはお前も同じだろ。いまさら協力者ヅラ、という件《くだり》もそのまま当てはまるよね？　本当に、いまさら何をしに来たんだか。僕がイリーナを誘拐したとき、ともすればお前がアードの側に就いて暴れるやもと想定していたのだけど……結局、何もしなかった。山に逃げ帰って、ウジウジと泣きべそ掻《か》きながら、引きこもってるだけだった。そんなお前がノコノコとしゃしゃり出てきたときは本当に驚いたよ。爬《は》虫類《ちゅうるい》というのはツラの皮が分厚いんだね。そこだけは唯一――」

長々とした言葉攻めを斬り裂くように、次の瞬間、エルザードが光線を放った。

それは見事にアルヴァートの全身を消し飛ばしたが、しかし。

「暴力を振るいたければ好きにするがいいさ。僕がお前を利用したうえで、ボロ雑巾のように捨ててやろうと考えたのは紛れもない事実なのだから。お前には報復の権利がある。もっとも――トカゲ如きがどれだけ力を尽くそうとも、僕に痛い目を見せることなんて不可能だけどね」

……かつて、この男は戦闘狂の変態という仮面を被っていた。

その頃も十分に面倒臭い奴だったが、それを脱ぎ捨て、本性を隠さなくなった今は……仮面を被っていた頃の、一〇〇倍は面倒臭い奴へと、進化していた。

「ふっ、ふふっ、ふふふふふふふふ……！」

あまりの怒気に、エルザードはもう、笑うしかないといった様子。

その顔面には血管がびっしりと浮き上がり、白金の髪は総毛立ち……

「おい、口が裂けてるぞ、白トカゲ。元に戻せよ、気持ち悪い」

「ふ、ふふ、ふふふふふ。初めて、だなぁ。こ、ここまで、ボクを虚仮《こけ》にしやがった奴は」

冷然と相手を見下すアルヴァート。

今にも飛びかからんばかりのエルザード。

そんな二人を交互に見やりながら、俺は溜息《ためいき》を吐《つ》いた。

「はぁ。懐《なつ》かしきかな、我が胃痛……」

古代世界での一時を思い出させるような、鋭い痛みを感じながらも。

俺は、無理矢理に笑った。

いかなる形であろうとも、大きな一歩を歩み出せたということには変わりないのだから。

「はい、二人とも。ガンを飛ばし合うのはもうおよしなさい。時は金なりとも言うでしょう？　早急に件《くだん》のアイテムを回収しに参りますよ」

「……チッ、仕切ってんじゃねぇよ、ヘタレが」

「……ふん。そこだけは同意だな。トカゲなんかと考えが一致するのは癪《しゃく》だけど」

「ははははは。お二人とも、口の利《き》き方には気を付けた方がよろしいかと。イリーナさんの貴方《あなた》達に対する好感度は、私の匙《さじ》加減《かげん》でいくらでも増減するということをお忘れなく」

「うっ……！」

「この、卑怯《ひきょう》者が……！」

「なんとでもおっしゃい」

にへらと笑いかけてから。

俺は、二人の肩に手を置いて、一言。

「頼りにしていますよ、本当に」

──かくして。

元・難敵の二人を連れ添いとする、刺激的な旅が、始まりを迎えたのだった。

閑話　いじけ虫は子孫と対話する

ラーヴィル国立魔法学園の校庭には、巨大な樹木が存在する。

通称・剣王樹。

かつて《勇者》・リディアが用いた聖剣、ヴァルト＝ガリギュラスを宿す曰《いわ》く付きの大木は、しかし何も知らぬ者からすると見事な自然物にしか映らない。

昼の陽光を浴びて煌《きら》めくその様相は、まるで心が洗われるような美しさに満ち溢《あふ》れ——

ゆえにメフィストは、ここを茶会の場として選んだ。

小さな純白のテーブルと座椅子。

卓上に置かれた陶磁器には菓子類が盛られており、その中でも苺《いちご》を使ったフルーツタルトは、メフィストの大好物であった。

彼はカップを右手に持ち、中に充《み》ちた紅茶を一口啜《すす》ると、

「いいねぇ。実にいい。想定外が次々と積み重なっていくこの状況こそが、まさしく勝負の醍醐味《だいごみ》ってやつだよ」

剣王樹を背景にして立つ、大鏡。

そこにはアード・メテオールと二人の仲間が映し出されていた。

彼等《かれら》の姿を見つめるメフィストの口元には、穏やかな笑みがある。

動揺など絶無。

されど彼の微笑は、余裕を証するものではなかった。

エルザードの来訪。アルヴァートの不変。

それらはメフィストにとっての想定外であり、戦況を覆《くつがえ》す切っ掛けになるやもしれぬ要素でもある。

だが、それがいい。

「これまでで一番の想定外を味わわせておくれよ、ハニー」

愛すべき宿敵にして、唯一の友と認める男を見つめる彼の表情は、やはりどこまでも穏やかなままだった。

そして――

「うん。彼も一段落したようだし。僕達も雑談に興じるとしようか」

メフィストは、その微笑を彼女の方へと向けた。

メフィストを相手にテーブルを囲む、一人の少女。

それはイリーナ・オールハイドで間違いない、が、平常の様子とは懸け離れている。

両目は薄ぼんやりと開かれ、どこを見ているのかわからない。

顔に覇気はなく、まるで肉人形のようだった。

「さて。彼等のやり取りの中には、実に興味深い場面があった。そう、エルザードちゃんのお母さんだね。彼女との一戦において、エルザードちゃんはしばらく使い物にならなかったわけだけど。それはなぜだか、わかるかい？」

問われてすぐ、イリーナは答えた。

「……ママと同じ見た目をしてたから」

「う～ん、七五点。外見と内面の不一致に気付かなかった、というところまで言えてたら一〇〇点満点だったんだけどなぁ。ま、それはさておいて」

一拍の間を空け、紅茶を再び啜ってから、メフィストは語り続けた。

「守護者の外見は確かに、彼女の母と同一だった。戦闘能力に直結する経験もまた再現されていたのだろうね。けれども、記憶や人格までは再現されていなかった。だからあの守護者はエルザードちゃんの母親と同じ姿、同じ力を持つ別人ということになる。……さて、ちょっとばかり前置きが長くなってしまったけれど、ここで本題に入ろう」

身を乗り出し、イリーナへと顔を近寄せて。

メフィストは、口元の笑みを深めながら問い尋ねた。

「イリーナちゃん。今の君は外見と内面が一致した状態にある。姿形はまさにイリーナ・オールハイドのそれであり、脳漿《のうしょう》に刻まれた記憶もまた君が君であることの証明だ。けれどね、イリーナちゃん。それでも、だ。外見と内面が一致してもなお、君は君ではないし、何より、今の君は人でさえない。……なぜだか、わかるかな？」

二度目の問いに、イリーナは首を横へ振った。

「わからない。あたしはあたしよ。それ以外のなんだっていうの？」

「はは。想定通りの答えをありがとう。今の君はそのようにしか言えないのだから、当然ではあるのだけどね。しかし、その当然を自力で覆して欲しいと、そのように願っていたわけだけど。まぁ、さすがに無理か。君は自分ではなく、誰かのためにしか限界を超えられない。そこは本当に瓜二つだな」

黄金色の瞳が、すぅっと細くなる。

メフィストは少しばかりの落胆を覗《のぞ》かせながらも、口元の笑みは保ったまま、新たな言葉を紡《つむ》ぎ出した。

「外見と内面が一致していながらも、なぜ君が君でないのか。その答えはひとえに、君の状態にある。イリーナちゃん、今の君は正常ではない。僕の手によって、そのようになっている。けれど君は、自分が自分でなくなっているということを自覚することさえない。その心の有様は人のそれではなく、人形のそれだ」

イリーナは何も答えなかった。

メフィストに許可されていないからだ。

ゆえに彼女の思考は完全に停止している。

相手の声は聞こえているが、それを受け止める力はない。

そんな姿を晒《さら》すような者は総じて、メフィストからすれば肉人形でしかないのだが。

「……イリーナちゃん。君には可能性がある。だからこそこうして、ハニーの様子なんかそっちのけで、君に注目しているのさ」

そしてメフィストは、右手を顔の前へと挙げて、

「ここからが、対話の本番だ」

パチンと指を鳴らした、その瞬間。

肉人形が、人間へと戻る。

イリーナの中に、彼女を構成するための何かが帰ってきた。

それはきっと心と呼ぶべきもので。

奪われていたそれを返還されたことにより、イリーナは瞬時に状況を把握する。

その結果――

「ッッ！」

血相を変えて、彼女は後方へと跳ね飛んだ。

それから椅子が倒れ、地面にぶつかった頃には、既に。

「メフィスト＝ユー＝フェゴール……！」

戦闘に臨む姿勢を取りながら、イリーナは対面の悪魔を睥睨《へいげい》する。

「皆を元に戻しなさいッ！　さもないと――」

「君は本当に愚かだな。けれど、そこが愛おしく思えるよ。本当に娘とそっくりだ。状況の良《よ》し悪《あ》しなど度外視して、感情論を最優先とする。その馬鹿さ加減が実に素晴らしい」

皮肉、ではなかった。

メフィストの言葉は本心を口にしたものであり、事実、彼の美貌《びぼう》に浮かぶ微笑には嫌味の色など微塵《みじん》もない。

「まぁ、とにかく、さ。座りなよイリーナちゃん」

言葉が終わった、そのとき。

敵から距離を取って、身構えていたイリーナが。

気付けば、椅子に座っていた。

「ッッ⁉」

目を見開き、吃驚《きっきょう》を表しながら、イリーナは弾《はじ》かれたように動作する。

再び後方へと跳ね飛び、間合いを空け――

そして。

気付けば、椅子に座っていた。

「ッッ⁉」

気付けば、椅子に座っていた。

「ッッ⁉」

気付けば、椅子に座っていた。

「ッッ⁉」

気付けば、椅子に、座っていた。

「時間は有限、などと言うけれどね。安心しなよイリーナちゃん。君と僕の間に、時間制限などという野暮なものはない。だから好きなだけ繰り返すといいさ。椅子に座って、僕とお喋《しゃべ》りがしたくなるまで、ね」

ニッコリと微笑《ほほえ》む姿は、天使のように愛らしく。

それと同時に、悪魔のような恐ろしさを秘めていた。

「くッ……！」

何をされているのか、その片鱗《へんりん》さえも理解出来ない。

わかるのは、この男がアードと同格か……あるいは、それ以上の怪物であるということだけ。

どのように抗《あらが》おうとも、次の瞬間には何事もなかったように椅子へと座らされているのだろう。

「おや？　諦めるのかい？」

「……何よ、話って」

ケラケラと笑うメフィストに怒りを覚えながらも、イリーナは努めて平静に、言葉を投げた。

「うん、まぁ、特に大きな思惑みたいなものはないんだけどね。でも、君の頑張り次第では、ともすればハニーに代わって、この一件が解決出来るかもしれないぜ？」

「っ……！　どういう、こと……⁉」

ニコニコと笑いかけながら、メフィストは受け応えた。

「僕はね、イリーナちゃん。別に君達が憎いわけでもなければ、心の底から滅ぼしたいとも思っちゃいないんだよ」

「だったら、どうして……！」

「そうだね。ハニーにはあえて明かさなかったのだけど、君にならば話してもいいかな。君との遊戯《ゲーム》は、ハニーのそれとは別物であった方が面白いだろうし」

そして、悪魔は語り始めた。

自分が、現在に至るまでの答えを。

その、真実を。

「さて、どこから説明しようかな。事の発端は、そう……君とハニーが宗教国家・メガトリウムにてライザー君と一戦交えていた、その最中に起きた。僕は当時、ハニーによって施された封印が解けず、悩んでいたままだったのだけど――」

次の瞬間、悪魔の口から放たれた言葉は。

イリーナの想像と理解を、遥《はる》かに超えたものだった。

「…………」

全ての事情説明を聞き終えた後。

イリーナは呆然《ぼうぜん》と目を見開いて、無言のままメフィストを見つめ続けることしか、出来なくなっていた。

「まぁ、そうなるよねぇ。当然」

紅茶を啜《すす》るメフィストの瞳に宿ったほんの僅かな諦観は、先程の説明によるものだろう。

なぜ、解けぬはずの封印が破られたのか？

なぜ、此度《こたび》の一件を最終決戦《ラスト・ゲーム》と銘打ったのか？

なぜ、メフィストはいつになく、本気で勝負に臨んでいるのか？

その答えを知ったことによる精神的な衝撃は、あまりにも大きかった。

しかし、時が経《た》つにつれて、イリーナの頭に思考力が戻り――

「それが、本当だったなら……！　こんなことしてる場合じゃ、ないでしょ……！」

動揺する彼女に反して、メフィストは徹頭徹尾、平静であったが……

その黄金色の瞳には、強い諦観が宿っている。

「本当だからこそ、こうしているのさ。もはや未来は確定しているのだから。……とはいえ、君が望む展開には決してならないとは、断言出来ないけれど、ね」

含みを持たせた言い方をしてから、メフィストは対面の少女をジッと見据え、

「ハニーとの最終決戦《ラスト・ゲーム》を始めた当初、僕は全てを諦めていた。けれど、今は少しだけ違う。運命に抗うのも悪くはないかもしれないと、そんなふうに考えてる。……全てはイリーナちゃん、君の存在が原因だ」

意図がわからない。

その執着心と、特別視の所以《ゆえん》が、まるで思い当たらなかった。

いったい、自分のどこに、そのような価値を見出《みいだ》しているのか。

……そんな怪訝《けげん》を、メフィストは見抜いたのだろう。

「執着するのは当然のことだよ。特別に思うのもまた、なんら不自然なことじゃない」

次の瞬間。

メフィストの口から放たれた情報は。

イリーナの心に、激震を奔《はし》らせるものだった。

「君は我が娘、リディア・ビギンズゲートの子孫なのだから」


ズグン、と。

重しを肩に乗せられたような感覚。

「リディア様の、子孫……？　あたしが……？」

嘘《うそ》と断ずることは、出来なかった。

脳裏に過去の記憶が蘇《よみがえ》る。

以前、神を自称する少年に古代世界へ飛ばされたときのこと。イリーナはアード達と共

に現代への帰還を目指し……その過程において、リディアと出会った。

彼女と過ごす時間はまるで、母と触れ合っているような温かさに満ちていて。

当時はそれが、リディアの母性や優しさによるものだと、そう思っていたのだが。

あのとき感じた思いが血縁によるものであったと言われても、それを否定することは出来ない。むしろ強い得心を感じる。

メフィストの言う通り、自分は《勇者》・リディアの子孫なのだ。

そのことについては、すんなりと受け入れることが出来た。

しかし……

「あんたが、リディア様の、父親……？」

「そうだよ。そして同時に、君の祖先《ルーツ》でもある」

こともなげに明言するメフィストを睨《にら》みながら、イリーナは唇を噛《か》んだ。

否定したい。

こんな、邪悪の化身めいた男の血が、ほんの僅かでも自分に混ざっているだなんて。

しかし……これもまた、嘘と断ずることは出来なかった。

イリーナの一族は表向き、低位貴族の血筋として知られている。しかしその実態は、ラーヴィル魔導帝国を裏で支配する真の王族だ。

普段は男爵の家柄として貴族社会の片隅でひっそりと暮らし、影に潜みて国家の舵取《かじと》りを行う。イリーナの一族がそうした二面性を持つに至った理由は、その血筋にあった。

《邪神》の子孫という現代においては最悪の出自。

これが明るみに出れば、自分達はおろか帝国の存続さえ危うい。

そんなあまりにも重い宿命の元凶が今、目の前に居ると思うと……

憤《いきどお》らざるを、得なかった。

「あんたの、せいで……！」

「そうだね。確かに、君とその一族が被《かぶ》ってきた不利益は、僕が元凶ということになる。けれどイリーナちゃん。僕が居なかったらそもそも、君は生まれてないんだぜ？」

過去の不幸が自分のせいであると同時に、今ある幸福は自分のおかげだと、そう言いたいのだろう。

事実だからこそタチが悪い。

幼少期から今に至るまで、ずっと味わい続けてきた孤独と不安。その心痛がどれほどのストレスをもたらしたか、常人には想像も出来まい。

一方で。

己が命よりも大切と思える人々に出会うことが出来たのも、この出自によるものだった。

アード、ジニー、シルフィー……彼等《かれら》を始めとした、数多くの仲間達。

皆、イリーナの真実を知ってなお、友情を捨てずにいてくれた。

彼等との絆《きずな》は吹けば飛ぶような薄っぺらいものではない。

それはまさしく真の友愛であり、かような情念を育めるような相手と出会えたことは、自らの生涯において最上の出来事であると断言出来る。

が……その確信もまた、《邪神》・メフィストの存在あってこそ。

この男は自分が抱えた最悪の要素をもたらした元凶であると同時に、最善の要素を形作ってくれた遠因でもあるのだ。

しかし……たとえ、そうであったとしても。

「あんたさえ居なければ、皆が苦しむこともなかった……！」

「まぁ、そうだね。仮に僕が存在していなかったなら、きっとこの世界は今もだ《旧《ふる》き神》に統治されたまま、誰もが幸せに暮らしていたのだろうね。何せ《外なる者達《アウター・ワン》》……現代での呼び名だと、《邪神》か。それらは僕の手によってこの世界へと移動したのだから。僕が存在しなければ、現代に至るまでの歴史はありえない」

淡々とした語り口調であった。

そこには絶対悪としての自負もなければ、強者としての余裕もない。

それどころか、むしろ。

「――お前なんか生まれてこなければよかった。大勢の人にそう言われてきたけれど、一番そう思っているのは他でもない。僕自身だよ」

黄金色の瞳には、底無しの悲嘆が隠されている。

そうした彼の姿が、イリーナには意外なものとして映った。

メフィスト＝ユー＝フェゴールは《邪神》という呼び名を具現化したような存在である。

現存する全ての歴史資料において、彼はそのように記されていた。

およそ全ての悪徳に手を染め、そこになんの後悔も感じることはない、生きとし生けるもの全ての敵。イリーナはメフィストをそのように定義していたが――

「僕みたいな奴《やつ》が幸せになれるわけがない。僕みたいな奴が、友達に囲まれて笑えるわけがない。そんなことはあってはならない。自分でもそう思うよ。でも……諦めが付かないんだ。それが許されざることだったとしても、僕は幸せになりたいし、友達に囲まれて笑いたいんだよ。でも、それは決して叶《かな》わないから、色々と理屈をこねくり回して、友情や愛情を否定している。……所詮僕は、いじけ虫さ。《邪神》なんて大層なものじゃない」

己を知り尽くし、それを受け入れながらも、苦悩を捨て去ることが出来ない。

そんな姿はどこか……自分に重なるところがあると、イリーナはそう思った。

「……子共の頃、あたしも似たような考えを抱いてた。誰もあたしのことを愛してはくれない。だったら他人は皆、敵だって。そう思ってた。この世界に友情だとか愛情だとか、そんなのどこにもないって、ずっと決めつけてた」

そうしないと、心が壊れてしまうから。

……きっとメフィストも、そうなのだろう。

理解不能な怪物という印象が、徐々に薄れていく。

「皆が言う通り、バケモノになりきれたなら、いっそ幸せだった。けれど……イリーナちゃん、君にならわかるだろう？　そんなことは不可能だって。何せ僕達は、どこまでいっても所詮、人間でしかないのだから。人でなしになんて、なれやしないのさ」

だから、いじけることしか出来ない。

だから、友愛を否定するしかない。

しかし――

「あたしは、アードと出会うことで変わることが出来た。でも、あんたは」

「そうだね。変われなかったんだよ。愛する人に出会ってもなお、僕は僕のままだった」

何があったのだろうと、そう思う。

自分もメフィストも、友愛を得られぬからこそ、いじけ続けていたのだ。

さりとて、それは結局のところ思い込みに過ぎず。

自分達を愛してくれる人は、どこかに必ず居るのだと。

自分達が愛せる人は、どこかに必ず居るのだと。

そのように思わせてくれる相手に、イリーナもメフィストも、出会うことが出来たのだ。

それなのに、どうして。

「……愛する人に、裏切られたの？」

イリーナの問いに対し、メフィストは顔を俯《うつむ》けて、

「いいや。妻も娘も、僕を裏切ったことなんて、一度さえなかったよ」

「だったら、どうして……！」

出された問いかけは、好奇心によるものではない。

この男を理解したいと、そう思っているからだ。

……確かに、メフィストとは敵対関係にある。友人達に手を出したことを、腹立たしく感じてもいる。だが、それでも。今のイリーナにとってメフィストは、滅するべき邪悪ではなかった。会話が成立するし、何より、自分と重なるところもある。それならば……

この対話が始まった際にメフィストが言った通り、此度の一件は話し合うことで解決出来るのではないかと、イリーナはそう思っている。

そのためには相互理解が不可欠だ。

「全部、話してちょうだい。そうすればきっと、わかり合える。手と手を取り合うことが出来る。あんたのことを理解して、その心に穴があるのなら、それを埋めてあげたい。そうすれば、あんただって」

友達になれるはずだと、イリーナは確信している。

傷付け合うことしか出来ぬような相手など、この世のどこにも居ないのだ。

たとえば、ライザー・ベルフェニックスがそうだったように。

そして……これからきっと、エルザードもまた、自分達の輪に入るのだろう。

ならばこのメフィストだって、不可能ではないはずだ。

……そんな思いが伝わったのか。

「君だけだよ、イリーナちゃん。僕に、そんなことを言ってくれたのは」

黄金色の瞳から、涙が零《こぼ》れた。

はらはらと泣くその姿は悪魔と呼ぶべきものではない。

救いの手を求める、哀れな子共のそれだった。

「君は僕にとっての四人目になるかもしれないと、そう考えていた。妻や娘、そしてハニーのように、心から愛することが出来る相手になるかもしれないと、そんなふうに期待していた。でも……実際は、それ以上かもしれない」

唇を震わせながら、言葉を紡《つむ》ぐ。

メフィストが見せている感動に偽りはなかった。言葉も想《おも》いも、全てが本心であった。

「イリーナちゃん。今、僕は敗北を認めてもいいかもしれないと、そう思っているよ。ハニーとの最終決戦《ラスト・ゲーム》を放棄して、手を取り合いたいと、心から思ってる」

涙を流しながらも、メフィストは真《ま》っ直《す》ぐな目を向けて、

「僕は君のためなら、運命を覆《くつがえ》すことが出来るかもしれない」

希望の光が、射《さ》し込んだような気分だった。

もう争うことはない。この一件はこれで――

「――ふぅ～。やっぱりストレス発散には泣くのが一番だねぇ。頭がスッキリしたよ。ありがとうイリーナちゃん」

これで解決と、確信した瞬間。

まるでさっきまでの言動が嘘《うそ》だったかのように。

メフィストが、これからについて語り出す。

「さてさて。ここで現状を再確認しておこうか。ハニー達は僕を倒せるだけの暴力を獲得

すべく邁進《まいしん》中。このまま順調に進めば、七日以内にここへやって来るだろうけど……そう上手《うま》くはいかないだろうねぇ。何せ次の試練は抜群に難易度が高いもの」

ニヤニヤと笑う姿に、イリーナは胸騒ぎを覚えた。

だが、そんな彼女を慮《おもんぱか》ることなく、メフィストは言葉を羅列する。

「襲い来る彼女を制することが出来たとしても、すぐに第二、第三の試練がやってくる。全部クリアして、なおかつ——ハニーがここへ到達した時点で、僕にとってのイリーナちゃんが、死なせたくないという程度の存在でなければ、彼は勝利出来ない。ともすればこの遊戯《ゲーム》、ハニーにとっては難易度が増してしまったのかもしれないねぇ」

一人頷《うなず》いて笑みを深める。

その様子はまるで、自分の世界に閉じこもっているかのようだった。

「あんた、何を、言ってるの……？」

自然と、口から当惑の言葉が漏れた。

これに対し、メフィストは小首を傾《かし》げながら、

「んん？　何って君、現状の把握と今後に関するちょっとした考察を口にしただけだよ？」

どこかおかしいところでもあった？

そんな顔をするメフィストに、イリーナは当惑を深めた。

「いや、あんた……さっき、言ってたでしょ……？」

敗北を認めてもいい。

最終決戦《ラスト・ゲーム》を放棄して、手を取り合いたい。

確かに、そう言ったではないか。

なのに、どうして。

「まだ……続けるつもりで、いるの……？」

問い尋ねると同時に。

首が。

メフィストの、首が。

真横へ折れ曲がったように、傾げられて。

彼は不思議なモノを見るような顔をしながら、口を開いた。

「逆に聞きたいんだけどさ。どうして終わったと思ったんだい？」

「……もうやめるって、言ったじゃないの」

「んん？　あれは別に、終了の宣言とかではないよ？」

おかしい。

何か、決定的な要素が、噛《か》み合っていないように思えて、ならない。

「……嘘、だったの？　運命を覆すって、言葉は」

「いいや？　紛れもない本心だよ？」

「……だから、あんたは、もう終わりにするって、そう決めたんじゃ、ないの？」

「う〜〜〜〜〜〜〜〜〜〜〜〜〜〜〜〜〜〜ん」

首を傾げたまま、腕を組んで、唸《うな》る。

何を言ってるんだ、この子は？　……そんな態度を前にして、イリーナはうっすらとだが、確実に、気付き始めていた。

相手方への認識に、間違いがあったことを。

「あ！　そうかそうか！　わかったよ、イリーナちゃん！　君、わざと頭が悪いフリをして、僕に嫌われようとしているんだね！」

メフィストの口元に、微笑が戻る。

そして。

「ナイス・チャレンジ！　危うく騙《だま》されるところだったよ！　今後もその調子で、僕に嫌われるよう頑張ってね！　さもなきゃ僕はどんどん君のことを好きになって——」

次の瞬間、彼が口にした言葉は。

イリーナに、ある種の確信を抱かせるものだった。

「――最終的に、僕は君を、壊してしまうからね」

意味が、わからなかった。

理解が、出来なかった。

「壊、す……？」

「うん。このままだとそういうことになるね」

「どう、して……？」

「好奇心が疼《うず》くから」

ニッコリと。

満面に、花が咲いたような笑みが宿る。

その美貌《びぼう》は天使のように美しく――

そして、悪魔のようにおぞましいものだった。

「知りたくなってしまったなら、もはやどうにも出来ないんだ。肉体は心に隷属するものであり、その逆はありえない。だから僕は好奇心に従う。自らの行動によって、自身にいかなる感情が芽生えるのか。その推測に僅かでも未知があるのなら、試さずにはいられない。そうだからこそ——僕は、それを実行したんだ」

涙が、流れた。

過去を悔やむように。過去を悲しむように。

だが、その一方で——

メフィストの口元には、笑みがあった。

泣きながら、笑っていた。

悲しみながら、楽しんでいた。

「僕にとって妻は、生まれて初めて愛おしいと感じた人だった。そんな相手を自分の手で惨殺《ざんさつ》したら、僕はどんな感情を味わうのか。それを知りたかったから、殺した。

長い時間をかけて。

想像しうる全ての苦痛を与え。

悶《もだ》える姿を娘に見せ付けながら。

妻の人格が摩耗し、完全に消えて、無くなるまで。

僕は手を止めなかった。

止められなかった。
知りたくて知りたくて知りたくて知りたくて、仕方がなかったから。
本当に苦しかったよ。
胸が張り裂けそうだった。
妻は最後まで僕のことを愛してくれたのに。
そんな彼女を、自分の手で拷問して、殺すだなんて。
気が狂いそうだったよ。
でも、狂い切ることは出来なかった。
――それから。
妻を失った僕にとって、娘は最後に残された希望だった。
彼女が居てくれれば、心は愛で満たされ、絶望を感じることはない。
でも、そうだからこそ。
そんな存在を苦しめて、消し去ってしまったなら、どんな思いをするのか。
知りたいと思ったから、そうした。
僕は娘を徹底的に追い詰めた。
心も体も、壊し尽くそうとした。

でも、ダメだったよ。
自分の手では、最後の一線が越えられなかった。
だから——人の手を借りたんだ。
娘は親友の手によって、死を迎えた。
その瞬間、理不尽ではあるのだけど。本当に、酷《ひど》いことだと思うのだけど。
僕は初めて、ヴァルヴァトスという人間に殺意を覚えた。
よくも娘を殺したな、と。不条理な感情を抱いた。
だから、彼と彼の軍勢を暴力で殲滅《せんめつ》しようとして——
阿呆《あほ》らしくなったから、やめた。
特にそれは、好奇心が疼く行いでもなかったから。
そして彼に封印されて数千年。
何もかもが想定通りでつまらない時間を過ごす中。
僕は、渇望《かつぼう》し続けていたんだ。
好奇心を刺激してくれる、想定外を。
ハニーがそれを与えてくれるかと思っていたけれど、実際は違った。
イリーナちゃん、君だよ。

君が僕にそれを与えてくれた。

だから僕は、君に期待しているんだ。

君が、僕に新たな感情を芽生えさせてくれる、その瞬間を」

……一方的に叩《たた》き付けられた言葉と感情は、確実に。

イリーナの心を、折っていた。

「なん、なのよ、あんたは………」

怖い。

ただひたすらに、怖い。

今まで味わったことのないような、桁外れの畏怖を覚えながら、イリーナは思う。

自分が馬鹿だった、と。

理解し合えるはずがなかったのだ。

手を取り合えるはずがなかったのだ。

この世界には、そういう相手が、必ず存在する。

今、目の前で笑う悪魔が、まさしくそれだった。

「頑張ってね、イリーナちゃん。ここへハニーがやって来るまで、現状維持が出来たなら、君の勝ちだ。でも、もし。僕が君のことをあまりにも嫌いになるか、あるいは好きになり過ぎたなら、そのときは——僕は君を、この世界もろとも破壊する」

この瞬間、イリーナは。

生まれて初めて、他人にレッテルを貼った。

己が出自を呪うがために、決して、他者をそのようには扱わぬと、そんな考えを曲げて。

畏れと共に、呟《つぶや》く。

「あんたは、人間じゃ、ない……！」

理解したくない。

手を取り合いたくない。

こんなバケモノと、仲良く出来るはずがない。

嫌悪《けんお》と侮蔑が、吐き気をもたらす。

愛する人のそんな姿が、悲しかったか。

そのとき、メフィストの瞳から、一筋の涙が零《こぼ》れ落ちた。

頰を伝い、流れていくそれは、果たして——

口元に宿りし邪悪へと溶け込んで、消える。

それが悪魔の本性であると、表するかのように。

第一〇九話　元・《魔王》様と、究極の試練　前編

メフィストとの一戦に臨むには《破邪吸奪の腕輪》が必須となる。

これは勝利条件ではなく前提条件であり、避けては通れぬ道であった。

さりとて、この腕輪はただ用意すれば良いというものではない。

あまりにも強大な力を秘めているがために、俺は腕輪の起動に条件を設けた。

具体的には、封印機能の解除。

《破邪吸奪の腕輪》は普段、その力が封じられた状態にあり、これを解くには七つの宝玉を嵌《は》め込む必要がある。

古代において決行されたメフィストとの最終決戦《ラスト・ゲーム》を終えた後、俺は封印解除の宝玉を世界各地へと分散する形で秘匿した。

隠し場所は主に超難度のダンジョン、だが……

一カ所のみ、他のそれとは毛色が異なっている。

かの腕輪が巨悪の手に渡ることをなんとしてでも防ぐために、俺は宝玉の一つを、自分

以外の何者も到達出来ぬ場所へと封じた。

それは、別次元世界。

あるいは中間世界とも呼ぶべき空間である。

ここは異なる世界同士を繋《つな》ぐ、中間域にあたる空間であり、メフィストを始めとする《邪神》達も、ここを通過して我々の世界へとやって来たという。

この中間世界を知る者は極めて少なく、知り及んでいたとしても、出入り口を形成出来るような者はさらに少数。

そこに加えて。この場に足を踏み入れ、無事に生還出来るような者となれば、それはもう《魔王》・ヴァルヴァトスを置いて他には居まい。

とはいえ……それは宝玉の回収を確定させるような情報ではなく、むしろ俺の心に絶望を与えるようなものだった。

何せ今の俺はアード・メテオールであってヴァルヴァトスではないのだ。

村人に転生した俺では、異次元からの生還など限りなく不可能に近い。

されどその不可能を可能とせねば、メフィストを討《う》つことはおろか、そもそもスタートラインに立つことさえ困難となる。

ゆえに俺は、エルザードとアルヴァート、二人の仲間と共に、無謀を承知で中間世界へと臨み――

今、帰還の最中にあった。

目的の宝玉は我が手にある。

あとは出入り口として生成した次元の亀裂へと戻り、飛び込むだけ、だが。

行くは地獄。帰りはさらなる地獄。

長きにわたる生涯の中でも、五指に入るほどの焦燥を抱きながら、俺は声を張り上げた。

「出入り口はもう目と鼻の先ですッ！　お二人とも、死ぬ気で飛びなさいッッ！」

この異次元世界は白き無の空間となっており、天と地の概念はおろか重力や酸素といったものも存在せず、まるで宇宙空間のような環境となっている。

そのため酸素生成の魔法を常に発動し続けねばならず、移動には飛行魔法が必須。

まさしく極限の環境下、ではあるのだが。

生還の難度を上げているのは、そうした要素ではない。

高度な魔法技術を用いねば活動出来ぬという環境など、奴等の存在に比べたなら、あってないようなものだった。

「あぁ、クソッ……！　屈辱にも、ほどがあるッ……！」

猛然と飛翔《ひしょう》しながら、舌打ちを零すエルザード。

チラ、と背後を見やる彼女の瞳に映ったもの、それは——

純白の世界を埋め尽くさんとする漆黒の群れ。

名を、次元獣という。

異次元に棲《す》まう彼等《かれら》は謎多き存在であり、その生態は完全に不明。

というかそもそも、生物と呼べるかも怪しい。

一般男性とさほど変わらぬ体躯《たいく》を持つ彼等の姿は実に形容しがたいもので、少なくともそこに美を感じるようなセンスの持ち主は、どこにも存在しないだろう。

昆虫と人間を混ぜ合わせたような、ひどく醜い怪物達。

彼等は高度な飛翔能力を有する反面、それ以外の全てが無力であり、性能面だけを見ればなんの脅威でもないのだが、

「この馬鹿げた物量……！　いったい、どこから湧《わ》いてくるのやら……！」

苛立《いらだ》った様子で呟くアルヴァート。

奴《やつ》の言葉通り、次元獣の強みは数の暴力だ。

さりとてそれが数十万、数百万程度であったなら、我々に通用することはない。

だが——

彼等の物量は、無限である。

一度発見されたなら、秒を刻む毎《ごと》に、その数は倍加していき……

おそらく現在、彼等の総数は垓《がい》の域に達しているだろう。

しかしまだ、上限に達したわけではない。

我々が逃避する最中も、彼等は今まさに、数を増やしつつある。

「こんな糞虫《くそむし》ごときにッ……！」

エルザードの口から悔しさが滲《にじ》み出るのは、これで何度目だろうか。プライドの塊である彼女には耐えがたいだろう。指一本で殺せるような相手から逃げ回るという状況は。

けれども彼等に立ち向かったなら、狂龍王だろうが元・《魔王》だろうが関係なく、待ち受ける結末はただ一つ。

永劫《えいごう》の停滞である。

次元獣の増加速度は、我々の殲滅力を遥《はる》かに超えており、どのように足掻《あが》いても殺し尽くすことは不可能。

対して、相手方もまた、攻撃能力の低さが原因で、我々を殺すには至らない。

――しかしながら。

問題なのはやはり、その物量である。

もし、あの馬鹿げた数の群れに呑《の》まれてしまったなら、どうなるか。

例えるなら、そう。

決して破壊できぬ壁の中に、閉じ込められたような状態、といったところか。

群れの密度たるや凄《すさ》まじく、あんなものに取り込まれてしまったなら、指一本動かすのも難しくなるだろう。

そこから脱するために魔法で周囲を攻撃しても、彼等の減少速度が増加速度を上回ることは決してない。

ゆえに次元獣とは、最弱にして最強の存在である。

その群れに呑まれたなら最後、指一本動かせぬまま、自死を選択するまで、その場に停滞し続けることになるのだ。

たとえこの俺が全力を出したとしても、その結末を変えることは出来ない。

次元獣に見つかったなら、もはや逃げる以外に手立てはないのだ。

そして今。

我々は、希望の光を目にした。

次元の裂け目。あそこへ飛び込めば、元の世界へと戻ることが出来る。

が――

「どうするんだアード・メテオール。このままだと僕達は」

「ええ、由々しき事態、ですね……およそ二秒、我々には足りていない……」

次元獣の飛翔能力は、俺達と同等か、僅かに上。

そのため、ほんの僅かずつではあるが、彼我の間合いはゼロへと近づきつつある。

おそらくは亀裂に入る直前、我々は次元獣の群れに呑まれてしまうだろう。

「二秒……たった二秒、彼等の動作を、止めることが出来たなら……」

脂汗を流しながら、必死に思考を巡らせる。

そんな中。

エルザードが小さな声で、一言。

「最後の手段に出るしかない、か」

ポツリと吐き出されたそれを耳にした瞬間、俺は彼女の思惑を察するに至り、

「やめ――」

制止の言葉を出すよりも前に、エルザードは動いていた。

相手方の動作を止める手段はただ一つ。死に物狂いの全力攻勢で以《もっ》て、群れ全体を覆い尽くすこと。これだけである。

けれどもその選択は、犠牲を強いるもの。

エルザードはそれを選んだのだ。

……さりとて。

あの狂龍王が、自己犠牲などという殊勝な行動を、選択するはずもなかった。

彼女が犠牲にしたのは、自らの隣を飛ぶ男。

アルヴァート・エグゼクスが、そのとき、エルザードの尾によって腹を打たれ、身動きを止めた。

「くッ……！」

目を見開くアルヴァート。こんな姿など、今まで一度も見たことがなかった。

しかし、それも無理からぬこと。

究極の不死性を有するがために、もし次元獣の群れに呑まれたなら、そのときは……

未来永劫、身動き一つ取れぬ状態で、生き続けねばならなくなる。

想像しただけでも背筋が凍るような結末。

歴戦の猛者《もさ》たるアルヴァートでさえ、それは畏怖をもたらすものだったらしい。

「く、そ、がぁあああああああああああああッッ！」

感情の爆裂に応じて、二つの現象が立て続けに発生する。

まず第一に、黒炎の使役。
白き異次元世界の只中《ただなか》に、その瞬間、漆黒の炎が出現する。
それはまるで大津波のように次元獣の群れへと向かうが……覆い尽くすには至らない。
アルヴァートとて、そのことには気付いていよう。
それゆえに。
「カルミアァアアアアアアアアアアアッ！」
絶叫。
そして、召喚。
アルヴァートの手元へ現れたそれは、人格を有する一振りの剣。
三大聖剣が一にして、およそ剣と名が付く概念の頂点に立つ存在。
人としての名はカルミア。
武装としての名は――――聖剣・ディルガ＝ゼルヴァディス。
「魔力切れになってもいいッ！　全力で撃つぞッッ！」
『……了解した』
剣に宿りし人格、カルミアの応答を受けてから、すぐ。
「ヴァスク・ヘルゲキア・フォル・ナガン《矮小なる者共よ、我に頭を垂れよ、さもなくば》――」

超古代言語による詠唱を経て。

アルヴァートが、大技を放つ。

「ガルバ・クエイサ《無へと還るがいい》ァアアアアアアアアアアアアアアアアアアアッッ！」

聖剣の刀身が繰り出したそれは、破壊力を伴う、虹色の煌《きら》めきであった。

それは次元獣の群れに迫っていた黒炎と溶け合い、より強大な超・広範囲攻撃へと進化。

垓の域に達した敵方の集団をも呑み尽くし、全てを消し去らんとする。

……さすが、元・四天王最強の男といったところか。

己が全身全霊を以て見事、二秒間を稼いで見せた。

「お役目、ご苦労さまでした、っと」

亀裂を目前にして、エルザードは背後を向くことなく、飛行速度を維持したまま突入。

反面、俺は僅かに速度を落とし──

「アルヴァート様ッ！」

引き寄せる。

奴の腰元に括《くく》り付けてあった魔法の縄を、急速に。

数秒前、エルザードが尾を伸ばそうとした瞬間、俺はその行動を予期した。即《すなわ》ち、アルヴァートを犠牲にするつもりだ、と。ゆえにエルザードが動くと同時に救助の手段を作っておいたのだ。

果たして、魔力を失ったアルヴァートは動作不能な状態であったが……その体に括り付けた縄を引き、こちらへと手繰り寄せることで、次元獣の脅威から離脱。

我々は無事、一人も欠けることなく、元の世界へと帰還した。

「くっ……！」

次元の裂け目へ飛び込んだ直後、肉体が重力に引っ張られ、地面へと落下。

三人、一様に土まみれとなった。

「……礼を言っておくよ、アード・メテオール」

「お気になさらず。私は当然のことをしただけですから」

言葉を交わす中、次元の裂け目はゆっくりと閉じていった。

その様子を見つめていると、不意に、アルヴァートの手中にあった聖剣・ディルガ＝ゼルヴァディスが発光し……人の姿へと変化した。

漆黒のゴシックロリータを身に纏《まと》う、美しい少女。

カルミアの姿となった彼女は、白い美貌《びぼう》に怒りを滲ませながら、エルザードへと接近。

我々と同様に、立ち上がることもままならぬほど疲弊した彼女を見下ろしながら、

「……あなたのせいで、アルは死よりも残酷な結末を迎えるところだった」

カルミアの怒気に、エルザードは鼻を鳴らしながら一言。

「一人の犠牲で二人が生き残れたなら、万々歳だろ」

悪びれた様子など一切ない。

そんな彼女にカルミアは殺気を放つが、

「やめろ」

アルヴァートの制止を受けて、思いとどまったらしい。

振り向いた彼女へ、奴《やつ》は淡々とした口調で言葉を投げた。

「その白トカゲには、まだ利用価値がある。使い終わるまで殺すな」

裏を返せば、使い終えたなら殺すということになるのだが。

まぁ、そのときは全てが解決しているだろうから、俺とイリーナが取りなせばよかろう。

「ご主人様の言葉が聞こえただろ？　さっさと消えたらどうかなぁ？」

「……覚悟しておくといい。メフィストの次は、あなただから」

冷然とした殺意を残して、カルミアは姿を消した。

それから俺達は荒れた息を整え……体力、魔力、共にある程度の回復を自覚した頃。

「実に危うい挑戦ではありましたが、しかし我々は、それを乗り切った」

「……宝玉はこれで七つ目。つまり」

「破邪なんとかの封印を解除出来る。そうだろ？　アード・メテオール」

エルザードの言葉に、俺は首肯を返した。

「これより腕輪の回収に参ります」

「場所は確か、サフィリア合衆国の首都、だったか」

「ええ。此度《こたび》もまた、かなりの遠出になりますので……エルザードさん」

こちらの視線を受けて、彼女は忌々《いまいま》しそうな顔となりながら、舌打ちを返してきた。

けれども否定の言葉を口にすることはなく──


今一度、大空の只中を進む。

竜の背中に、乗りながら。


「なんでボクがこんな使い走りみたいなことしなきゃいけないんだ……！　そもそも飛行の魔法が使えるんだから自分達で飛べばいいだろ……！」

巨大な白竜の姿となったエルザードが、ぶつぶつと文句を言う。

かれこれ一時間ほど、ずっとこんな調子の彼女へ、アルヴァートが嘆息しつつ、

「飛行の魔法はそれなりに神経を使う。そうした状態でメフィストによる強化を受けた難

敵に襲われたら対応が難しい。だから君の背中に乗ることがもっとも合理的である、と
……これまで再三、説明したよね？　まだ頭に入ってないのかな？　それとも、トカゲの小さな脳みそじゃあ理解しきれないのか」

エルザードは一言も返すことなく、我々を乗せた巨体を揺らしまくった。

が、魔法でしっかりと全身を固定させているため、俺もアルヴァートも振り落とされることはない。

「ノミみたいに張り付きやがって、糞虫《くそむし》共が……」

「あの、エルザードさん？　私まで含まれてるの、おかしくありません？」

「うっさい。ある意味じゃ君の方がよっぽど腹立たしいんだよ、このド畜生が」

なんという理不尽だろう。

事が済んだなら、全部イリーナに報告してやるからな。

……と、内心にて報復を誓う中、隣に立つアルヴァートから声が飛んできた。

「戯《たわむ》れるのはここまでにして、少しばかり真面目な話をしようか」

そのように前置いてから、奴は本題を切り出してきた。

「腕輪を手に入れたとして。その後はどうする？」

この話題にはエルザードも興味があったらしい。

「本音を言えば、あのメフィストとかいう奴をブチ殺しに行きたいところではあるけれど。……あいつは危険だ。破邪なんとかの腕輪があっても、それだけじゃ無理だろ」

誇り高き白竜でさえ、そのプライドを捨てざるを得ない。

メフィスト＝ユー＝フェゴールが持つ凄味《すごみ》とは、それほどのものだった。

「……そうですね。私もお二人と同様、腕輪を手に入れただけでは不十分と考えています」

「なら、どうするんだ？」

アルヴァートの視線には僅かな期待感が込められていた。

それは即ち、奴の中に具体的な策が一つもないということを意味している。

責めはすまい。

俺とて、有効的な方針などまったく思い浮かんではいないのだから。

しかし……

「ただ一つだけ、提案出来る策がございます」

きっとこれから口にする内容を聞いたなら、二人は難色を示すだろう。

下手をすると、共同戦線はここで破綻するやもしれぬ。

その覚悟を決めながら、俺は――――口を開いた、そのとき。

「ッ！　エルザードさんッ！」

襲来の気配。

それを感知したのは、俺だけではなかった。

「言われなくても、わかってるよ」

腹に響くような重低音を放ってからすぐ、エルザードは防壁の魔法を展開。

その巨大な体軀《たいく》を球体状の膜で覆い尽くした。

そして、次の瞬間。

——膨大な槍雨《やりさめ》が、到来する。

数えるのが馬鹿らしくなるほどの物量。

大気を引き裂いて飛び来たる槍《やり》の群体。

その発生元は、遥《はる》か前方にある巨大都市であった。

「……合衆国に入ってからというもの、ここまで一方通行だったけれど」

「ええ。さすがに、仕掛けてきましたね」

槍の発射地点である巨大都市は、サフィリア合衆国の首都・ヴェルクラットであった。

おそらくは住民全員がメフィストによって改変され、古代世界の戦士と同等レベルの膂《りょ》力《りょく》を得ているのだろう。

「この槍雨による対空迎撃……なんとも懐《なつ》かしいものですね」

「あぁ。まるであの時代に帰ってきたみたいだ」

猛然と襲い来る刃の群れは、しかし、我々の心を動かすものではなかった。

「……ボクのことを舐《な》めてるのかなぁ？　こんなもの、通じるわけねぇだろうが」

エルザードの苛立《いらだ》ちは理解出来る。

無数の槍による迎撃は、見かけこそ大迫力のそれであるが、効果は皆無と言ってよい。

その全てが展開された防壁によって弾《はじ》かれ、砕け散っては、地上へと落ちていく。

敵方も自分達の攻勢が無為であることは理解していよう。であれば、そうした行いを続行することで、何を成そうとしているのか。

「トカゲ如《ごと》きとは言っても、一応そこそこ強いからね。舐めてるとは思えないな」

「……むしろお前が一番舐めてるよね？　ブチ殺すぞ女男」

「はぁ。いずれにせよ、防御を固めておいて損はないかと」

相手方の狙いを推測しつつ、俺とアルヴァートはエルザードが展開した防壁を補強する形で、何十層ものそれを重ねていく。

元・《魔王》、元・四天王、そして狂龍王。

およそ現代において最上の三人による防御態勢。

たとえメフィストによる改変を受けていたとしても、これを貫通することは――

「──いや、待てよ」

刹那、我が脳裏に、ある魔装具の存在が浮上した。

どうやらアルヴァートもまったく同じ考えを抱いたらしい。

「ヴェルクラットには確か、アレが保管されていたな」

「えぇ、しかしアレは──」

ある人物の専用装備であって、誰もが扱えるものではないと話す、直前。

……どうやら俺達は、メフィストの改変力を甘く見ていたらしい。

ありえないと考え合う我々を否定するように、その瞬間。

首都・ヴェルクラットより、真紅の流線が推進する。

それが一本の紅《あか》き槍であることを認識すると同時に。

「避けなさいッ！」

俺は無意識のうちに叫んでいた。

されど、こちらの危機感をエルザードは共有していなかったのか……反応が、鈍い。

回避の意思はあれども、その動作には防壁に対する過度な信頼が見て取れた。

「阿呆《あほう》トカゲが……」

溜息《ためいき》交じりの言葉がアルヴァートの口から吐き出され、そして。

最硬無比であったはずの防壁が、紅き槍の獰猛《どうもう》なる突撃によって、粉砕。

「ッッ⁉」

吃驚《きっきょう》を漏らすエルザード。

彼女はここでようやっと回避行動に全力を尽くし始めたが、時既に遅し。

真紅の槍が三対ある翼の一つを貫き――

「ッ！　なん、だ、これ……⁉」

落下。

大地のみならず、天空をも支配する竜族からしてみれば、それは初の経験であろう。

飛行能力を奪われ、撃墜されるなど、夢にも思わなかったのだろう。

地面へと落ち行く最中、俺とアルヴァートは目を合わせて、

「やはり、こうなりましたか」

「あぁ。どうやら想定以上に面倒なことになりそうだ」

互いに嘆息を漏らしながら、我々は大地に衝突するその瞬間を待つのだった――

◇◆◇

絶禍十傑《ぜっかじゅっけつ》。

かつてオリヴィア・ヴェル・ヴァインが傍仕《そば》えとしていた、一〇人の勇士達である。

そのうちの一人に《神槍《しんそう》》の異名を持つ男が居た。

イグニス・ウォーゲリア。

古代世界でも有数の槍使いであり、愛用した紅き魔槍《まそう》・ゾル＝トヴァルキは、彼の代名詞として知られている。

……エルザードの片翼を貫き、飛翔《ひしょう》能力を喪失させたのは、まさにイグニスが用いていた魔槍・ゾル＝トヴァルキによるものであった。

とはいえ。

我々が目的地とするヴェルクラットに、彼が待ち受けているのかといえば……少しばかり疑問がある。

なぜならば、絶禍十傑はイグニスを含め、全員が死亡しているからだ。

古代にて展開していた人類と《外なる者達《アウター・ワン》》による大戦は、名も無き雑兵《ぞうひょう》だけでなく、名だたる英雄達でさえ続々と命を失うほど激烈なものだった。

絶禍十傑と謳《うた》われし彼等《かれら》もまた、例外ではなく。

その霊体は既に失われて久しい。

ゆえにどう足掻《あが》いても復活は不可能と、そのように考えていたのだが……

相手はあのメフィストだ。

ともすれば、復活不能であるはずの存在をこの世界に呼び戻すといった奇蹟《きせき》を、平然と行使していてもおかしくはない。

あるいは。

ヴェルクラットに保管されていた十傑の魔装具を、誰でも扱えるよう改変したか。

サフィリア合衆国の首都として知られているかの大都市は、古代においてオリヴィアが治めし領土の首都であると同時に……

命よりも大切な配下達と長き年月を過ごした、思い出の場所でもある。

あいつにとって十傑の面々は、家族に等しいほどの存在だった。

ゆえに彼等の死後も、その存在を身近に感じていたかったのだろう。

十傑が愛用していた魔装具をオリヴィアは誰の手にも渡すことなく、自らの手元に置いて保管していた。

つまり、ヴェルクラットには十傑が用いていた強大な専用装備が、全て揃《そろ》っているということになる。

メフィストが彼等を復活させたのか。もしくは十傑の魔装具を誰もが使用出来るようにしたのか。いずれにせよ——

「我々には、進むという選択しか用意されてはいない」

二人の仲間と肩を並べながら、俺はヴェルクラットの出入り口を睨《にら》んだ。

サフィリア合衆国は獣人族を主とした多種族国家であり、オリヴィアを崇拝対象とする黒狼《こくろう》教が国教となっている。

そのため彼女が建造し、後世に残した大都市・ヴェルクラットを首都、あるいは聖都として扱っており、その内観も、外観も、一切手を加えていないという。

だからか現代では珍しく、ヴェルクラットは城塞都市の様相を見せていた。

高い壁と巨大な門。

あの内側に広がっているのは、まさしく死地そのものであろう。

だが、そうであったとしても。

「さぁ、参りましょうか」

「借りは必ず返す……！」

「無駄に汗なんか流したくないけれど、そういうわけにもいかないか」

畏れを抱くような者など、ここには一人も居はしない。

我々は足並みを揃えて、目的地へと向かい——門を抜けて、侵入する。

「どうやら、隠匿の魔法は通じるようですね」

「コソコソ隠れて動くなんて、気分が悪い……真正面から皆殺しにすればいいだろ……」

「君の脳みそはシルフィーと同レベルか。荒事なんていうのは必要最低限にすべきだ」

かつて戦闘狂の変態として名が通っていたとは思えぬほど、アルヴァートの意見はまっとうであった。

「目的地までのルート、ですが。最短経路を選択しても問題ないかと」

「……僕も同意見だ。隠匿の魔法が通じるということは、少なくとも出入り口や街中での戦闘を相手も望んでないということだろうからな」

「寄り道してないでさっさと来いと、手招きしてるってわけか。……余裕ぶったことを後悔させてやる」

竜族にとって翼の恨みは何よりも強いと言う。エルザードの目は先程から据わりっぱなしだった。

ともあれ。

ヴェルクラットの大通りを、我々は堂々と歩み続けた。

「……出来ることなら平時に足を運びたかったと、そう思わせるような街並みですね」

「ここは確か、大陸内でも有数の観光名所として知られているらしいな。……冬の修学旅行は、ここにしてもいいんじゃないか？」

「貴方《あなた》の方からも掛け合ってくださいよ、アルヴァート様。何せ貴方は今や、我が校の教員なのですから」

たとえ死地の只中《ただなか》であろうとも、心乱れることはない。俺もアルヴァートも、そこらへんは古代の戦士といったところか。

そんな我々の会話に対して、エルザードは交ざることなく、

「……チッ、緩い奴等《やつら》だな。敵陣の中で駄弁《だべ》ってんじゃねぇよ」

小言を漏らすその顔は、緊張感を漲《みなぎ》らせた戦士のそれ……などではない。

たとえるなら、蚊帳《かや》の外にされて拗《す》ねた子供といったところか。

「ご安心ください、エルザードさん。貴女《あなた》を除《の》け者にするつもりはありませんよ」

「……はぁ？」

「此度《こたび》の一件が無事片付きましたら、貴女を特別編入生として、学園長に推薦させていただきます。そうすれば貴女も学園の生徒として、修学旅行を共に楽しむことが出来るかと」

「……………別に、ボクはお前等と一緒に旅行したいとか、思ってないし」

「ほほう。では、イリーナさんとの集団行動に興味はないと」

「………………………ないに決まってるだろ、ばぁ～か」

本心がバレバレな反応であった。

そっぽを向いた彼女の顔が今、耳まで真っ赤に染まっている。

そんなエルザードの姿を横目で見やりながら、アルヴァートが一言。

「……たいした奴《やつ》だよ、イリーナ・オールハイドは」

「ええ、本当に」

俺は深く頷《うなず》いた。

もしイリーナが居なかったら、この二人はこうして俺の隣を歩んではいないだろう。

誰もが彼女に救われたのだ。

それはこのアード・メテオールにしても同じこと。

我々はイリーナという少女の存在によって繋《つな》がっている。彼女を中心とした世界を取り戻すために、命を賭けて奔走しているのだ。

その熱量の高さは、およそ良きように働くだろうが……しかし、ともすれば。

それこそが不和の元になるやもしれぬ。

広場へと到着した瞬間、俺はそんな不安を抱いた。

目的地が視界に入ったから、だろうか。

「件《くだん》の腕輪はあの城の中にあると、君はそう言ったな」

アルヴァートの呟《つぶや》きに首肯を返す。

我々の目的地は、ヴェルクラットの中心部に位置する城の内部だ。

ここは元来、オリヴィアの居城として知られていたが、今は大統領の官邸と役所を兼ねた施設として利用されているらしい。

「古代にて、メフィストとの最終決戦《ラスト・ゲーム》を終えた後。私はかの腕輪をもっとも信頼出来る相手へ預け、その秘匿を厳命しました。……当時、私が誰よりも信を置いていたのは」

「オリヴィアということになるだろうね。消去法で考えると」

そう、リディア亡《な》き後、俺が最上の信頼を寄せたのは姉貴分であった。

というか、アルヴァートが述べた通り、消去法で彼女以外に信を置ける者が居なかったのだ。当時の我が軍は曲者揃《くせものぞろ》いで、オリヴィア以外の相手に預けていたなら、確実に酷《ひど》い結末をもたらしていただろう。

「城の内部は罠《わな》だらけでしょうね」

「うん。奴《メフィスト》の性格からしてそこは間違いない」

「……トラップの類《たぐ》いなんか、ボク達には通じないだろ。問題があるとしたら、確実に用意されているであろう番人《ガーディアン》の存在だな」

まさかまさか、罠を潜《くぐ》り抜けたら終わりとなるはずもない。

腕輪を守る最後の砦《とりで》が、我々の前に立ち塞《ふさ》がるだろう。

「……おそらくは、改変の影響を受けたゼロス大統領、でしょうね」

どこかオリヴィアと似た雰囲気と容姿を持つ、あの男。

以前、宗教国家・メガトリウムで行われた五大国会議にて、俺はゼロスとの面識を得た。

彼はオリヴィアの崇拝者であり、剣術を何よりも得意としているとか。

もっとも、それは改変前のゼロスであって、現在の彼は全く違う性質を得ているだろう。

例えば、そう。

広場の外周にて、開けた空間を取り囲むようにして建てられた、絶禍十傑の彫像。

彼等しか扱えぬはずの魔装具を、全て扱えるようになっている、とか。

即《すなわ》ち、エルザードを撃墜したのは彼ではないかと俺は考えている。

「なんらかの対策を、しておきたいところですが」

頭を働かせる、その最中。

広場の中央にある彫像が視界に入った。

俺とオリヴィア。義姉弟が並んで立つ姿を、彫ったもの。

その像を目にした瞬間、なぜだか不可思議な感慨が胸の内に芽生えた。

……それはきっと、予兆だったのだろう。

「ッ！　横へ跳べッ！」
アルヴァートの唐突な叫び声。
俺は意図せず、脊髄《せきずい》反射も同然に動いていた。
気付けば三人、別々の方向へと飛び退《の》いて——
刹那、今し方まで我々が立っていた場所に、一振りの剣が突き立った。
それは石畳を深々と貫き、そして。
爆裂。
小規模ではあるが、凝縮された威力を秘めたそれは、直撃したなら我々でさえ危うい。
……その一撃をもたらした灼熱《しゃくねつ》色の直剣には見覚えがあった。
「魔剣・グル＝ヴェタニア……！」
絶禍十傑が一人、《爆焔《ばくえん》》のカイエル。
彼の腰元に提げられていたそれが、目前に在るということは、即ち。
想定外のタイミングで、番人《ガーディアン》が襲ってきたということだ。
闖入《ちんにゅう》者の気配を察知した我々は、三者一様にそちらへと目を向け——
「——そう、来たか」
一瞬、頭の中が真っ白になった。

襲来せし番人《ガーディアン》は、二人。

片方は……メフィスト＝ユー＝フェゴール。

けれども、本体ではなく分身であろう。

全身から醸《かも》し出されるオーラが、どこか弱々しい。

あえて弱体化させた分身を寄越した理由は、一つ。

今回の主役はあいつだと、そのように定義しているからだ。

「なるほど、悪辣だな」

アルヴァートが眉根を寄せながら、感想を語る。

「……剣だけが取り柄の雑魚女、ではなくなってるねぇ、確実に」

エルザードが瞳を鋭く細めながら、もう一人の闖入者を睨む。

果たして、我々の視線の先に立つ者は、

「オリヴィア……！」

巨大な情念がアード・メテオールの仮面に亀裂を入れ、ヴァルヴァトスとしての俺を表へと引きずり出してきた。

「友達にドッキリを仕掛けて、大成功を収めた。今、そんな気分だよ、ハニー」

にんまりと、悪戯《いたずら》に成功した子共のような表情を見せながら。

悪魔《メフィスト》が、滔々《とうとう》と言葉を紡《つむ》ぎ出した。

「こういう展開になることは十分に予期出来たはずだ。君だって馬鹿じゃないんだから。それでも、そういう顔をしているのは……想定外というわけではなく、むしろそれが当ってしまったことに対する焦燥が原因、といったところかな？」

……図星だった。

奴の言う通り、現状は想定外の事態ではない。

そもそもアルヴァートとエルザード以外、全ての仲間がメフィストの手中にあるのだ。ゆえにそのうちの誰かが、いつ、いかなるタイミングで襲って来たとしても、それは特におかしな話ではない。

だが。

違和はなくとも、緊張はある。

何せ俺は、奴が学園に襲来してから、今に至るまで――

「誰一人として、救ってはいない。誰一人として、取り戻してはいない。ハニー、君が持ってる二枚の手駒は、運良く湧《わ》いたものでしかないんだよ」

反論の余地など、どこにもなかった。

エルザードはメフィストの脳内から外れていたがために。

アルヴァートはメフィストの分裂体という、特殊な存在であるがために。

両者はそれぞれ、偶然にも改変の影響を受けていなかっただけで……

俺が取り戻せた相手は、一人も居ない。

「今の君は負け犬だ。みっともない逃亡者のままだ。ここらへんでそろそろ、僕に格好いいところを見せておくれよ、ハニー」

奪い返してみろ、と。

学園での一幕において、成し得なかったことを成してみろ、と。

そんな期待感に目を輝かせながら。

メフィストは、隣に立つオリヴィアへと声をかけた。

「おね〜ちゃ〜ん！　たすけてぇ〜！　あいつらがいじめてくるんだよぉ〜！」

くねくね体を捩《もじ》りながら、猫なで声を出す。

平常のオリヴィアであれば、即座に斬りかかるような状況。

だが、今の彼女は改変の影響下にある。

それゆえに。

「……弟の敵は、排除する」

あのメフィストを、愛する弟分であると、そのように信じ込まされているのだろう。

寂しさと悲しさと腹立たしさが、心を満たす。

「オリヴィア……！」

万感の思いを込めた言葉は、しかし、今の彼女には届かなかった。

「……仕留める」

か細い声が耳に入った、そのとき。

気付けば、あいつの姿が目前に在った。

その手に一振りの魔剣……かつて、俺が贈ったそれを握り締めて、

「疾《シ》ィッ！」

迷いなく、殺意に満ちた斬撃を放ってくる。

メフィストによる強化が入っているのだろう。振るわれし剣の冴《さ》えは、平常時のそれを遥《はる》かに凌駕《りょうが》するもので。

――しかし。

「ッッ！」

回避が、出来た。

目で捉えることが不可能な動作であるにもかかわず、俺は後方へと飛び退き、刃から逃れていた。

そのことに違和感を覚えたが……深い思考へと潜る前に。

「《ライトニング・ブラスト》ッ！」

エルザードの手元から、攻撃魔法が放たれた。

空転の直後を狙った一撃は、速度・威力・タイミング、いずれも完璧。

地味ながらも、オリヴィアに確かなダメージを与えるものと、そう思われたが——

「来い、ゼタ＝オルキス」

召喚。

オリヴィアのすぐ間近に、浮遊する純白の盾が現れた。

それはまるで主を守るかのように、迫り来る雷撃の射線へと移動し——吸収。

「あれは、ソルザインの盾……！」

絶禍十傑が一人、《断罪》のソルザイン。

今のオリヴィアは、彼の魔装具をも操作出来るのか。

となれば——実に、危うい。

「お二人ともッ！　防御態勢をッ！」

「言われなくても、わかってる！」

盾の恐ろしさを知るアルヴァートは、指示する前の時点で、防壁を展開していた。

初見のエルザードもまた、野生の勘が働いたのか。既に防壁で自身を守っている。

俺だけが、指示を出した分、ほんの僅かにタイミングがズレていた。

「チィッ……！」

《メガ・ウォール》を発動し、己が身を半球状の膜で覆った、その直後。

オリヴィアの傍《そば》で浮かんでいた盾から、四方八方へと、雷撃が伸びた。

ゼタ＝オルキス。この魔装具に秘められし力は、吸収と放出。

威力を有する全ての概念を吸い込み、そして……何倍にも高めたうえで、解き放つ。

果たして、吸い込まれたエルザードの雷撃は周囲に甚大《じんだい》な被害をもたらした。

広場に立っていた民間人は、ほとんどが全滅。我々を守っていた防壁もまた、ゼタ＝オルキスの倍返しを直撃したことで破砕寸前となっている。

「皆さん、追撃に――」

備えよと、そう叫ぼうとする前に。

俺は、オリヴィアの様子に違和感を覚えた。

ある方を向いて、微動だにしない。

それはあまりにも、らしからぬ行動だった。

この局面は彼女からすると、一気呵成《いっきかせい》に攻撃を仕掛け、闘争の流れを摑《つか》む好機のはず。

なのになぜ、停止する？

「……まさか」

彼女が見つめ続けている物。それを目にしたことで、我が心に一縷《いちる》の望みが生じた。

とはいえ現状、こちらの意を通すのは困難。まずは態勢を整えねばならぬ。

「退きますよォッッ！」

さすがと言うべきか。アルヴァートもエルザードも、引き際《ぎわ》を弁《わきま》えている。

俺が指示した瞬間、両者は一斉に閃光《せんこう》の魔法を発動。この目眩《めくら》ましがいかほどの効果をもたらすか、それは判然とせぬが……依然として、オリヴィアに動作の気配はない。

「行くぞ」

「癪《しゃく》だねぇ、まったく……！」

急速に離脱する二人を追う形で、俺もまた広場から離れていく。

背後にて立ち竦《すく》む姉貴分へ、自らの意思を、言い置きながら。

「取り戻す……！　なんとしてでも……！」

第一一〇話　元・《魔王》様と、究極の試練　中編

離脱後の展開は、なかなかに騒々しいものだった。

メフィストの手によるものか、民間人に隠匿の魔法が通用しなくなった結果、我々は行く先々で襲撃に遭い――

「殺してはなりませんッ！」

「あぁ!?　どうせ蘇生《そせい》出来るからいいだろ！」

「……いや。メフィストの悪辣さを思えば、一度殺したら蘇生出来ないよう改変されていてもおかしくはないな」

「チッ！　見ず知らずの人間なんか、どうなっても――」

「僕もそう思う。が、この一件を片付けた後、イリーナがその行いを知ったなら」

彼女の存在が歯止めを掛けたか、エルザードは誰一人として殺害することはなかった。

そして、現在。

「ここなら、落ち着いて話が出来そうですね」

人気のない路地裏にて、俺は今後の方針を提案すべく、言葉を紡《つむ》がんとするが……

それよりも前に、アルヴァートが口を開いた。

「ここに至るまでの道中において、僕は誰一人として殺傷しなかった。事件の解決に要した犠牲は、必要最小限であるべきだと考えているからだ。もし多大な犠牲を払ってしまったなら、全てが元に戻った後、イリーナが苦しむ」

このように前置いてから、アルヴァートは自らの真意を伝えてきた。

「今し方述べた通り、犠牲は必要最小限でなければならない。そして僕は……オリヴィア・ヴェル・ヴァインが、その中の一人に入っていると考えている」

頭に血が昇るような発言だった。が、俺はすぐさま熱を消し去り、エルザードへ視線を送る。彼女は意見を求められていることに気付いたのだろう。僅かに悩むような素振りを見せてから、腕を組み、

「……あいつを殺したとしても、イリーナはきっと、ボク達を恨むようなことはしないだろうけど……でも、むしろそっちの方が問題というか」

「えぇ。もしもオリヴィア様を犠牲にしたのなら、彼女はそのことを自分の責任であると感じ、一生悔やむでしょうね」

だが、たとえそうであったとしても。

「……出来ることなら、イリーナを苦しめたくはないけれど。でも、仕方がないことだと思う。あの獣人族を殺さない限り、ボク達の目的は達成出来ないだろうから」

《破邪吸奪の腕輪》を、なんとしてでも回収する。そのために我々はここまで来たのだ。

けれども、その道をオリヴィアが阻《はば》んでいる。

彼女を避けつつ腕輪を回収出来るのなら、それが最上であろう。

しかし、メフィストがそれを許さない。

「奴《やつ》は僕達に二つの選択を迫っている。オリヴィアを殺して腕輪を回収するか。あるいは、腕輪の回収を諦めるか。……後者は即《すなわ》ち、事件解決を放棄するという選択でもある。当然ながら、そんなことはありえない」

ゆえにオリヴィアを犠牲とし、腕輪を回収すべきだと。

そうした考えに対し……俺は、真っ向から反論する。

「私はオリヴィア様をお救いし、そのうえで腕輪を回収すべきだと、そう考えています」

エルザードが眉間に皺《しわ》を寄せ、アルヴァートが小さく息を吐く。

だが、彼等《かれら》は俺のことを少しは信用しているのだろう。

下らぬ理想論と詰《なじ》るようなことはせず、こちらの言葉を待ち構えていた。

「奴の二者択一に乗じた時点で、我々の敗北は確定したも同然。第三の択を作り、それを掴み取らねば、勝利したとはいえません」

これが、合理性を否定する第一の理由。

そして。

「オリヴィア様を犠牲にしたとして。奴がそれで終わらせるとお思いですか？」

第二の理由。

それは、犠牲者の増加だ。

二者択一に乗る限り、我々は近縁者を殺し続けることになるだろう。

そうしてメフィストのもとに辿《たど》り着いたなら……

奴は最後に、イリーナを壇上へと上げてくるに違いない。

結果として、あの悪魔に勝利出来たとしても。

我々はその時点で、何もかもを失うというわけだ。

「最後に。三つ目の反対理由、ですが。そもそもの問題、私が見出《みいだ》したメフィスト打倒の策には、仲間の力が必要不可欠。ゆえに――」

「その仲間を犠牲にしていったなら、本末転倒である、と？」

アルヴァートの言葉に、俺は首肯を返した。

それからすぐ、沈黙を保っていたエルザードが口を開き、

「どうやって、実現するというのかな？」

改変された人格を元に戻す方法などあるのか。

それが出来ないから、お前は学園にて、無様を晒《さら》したのではないのか。

エルザードの言葉には、そんな意図も含まれていた。

「学園での一幕に関して言えば……大失態であったと言わざるを得ません。あまりの想定外と過去のトラウマにより、私は冷静な判断力を失っていた。そのせいで、仲間を信じることが出来なくなっていた」

しかし、今は。

あのとき抱いた諦観など、どこにもない。

改変された者全員を、元に戻せると信じている。

無論、その自信は明確な根拠に基づいたものだ。

「覚えておられますか？　オリヴィア様が一時、動きを止めたときのことを。そのとき、彼女は――――」

希望の所以《ゆえん》を語る。

それはこの二人を、完璧に納得させられるようなものではないだろう。

結局のところ、全てがメフィストの手によるものでしかないと、そう言われたならお終《しま》いだ。

しかし、それでも。

「……私は、信じたいのです。これまで育んできた絆は、たとえ神であろうとも、壊すこ
とは出来ないのだと」

最終的には理想論。

どこまでいっても、理想論。

さりとて。

アルヴァートは。エルザードは。互いに肩を竦め、息を吐きながら、

「……で？」

「具体的には、どうするのかな？」

この言葉はまさに、信頼の証《あかし》。

二人に感謝の思いを抱きながら、俺はオリヴィアの奪還作戦を語り――

最後に。

決意の言葉で、締めくくった。

「――あの悪魔に、目に物を見せてやりましょう」

◇◆◇

追撃可能なタイミングで、動かない。

それはオリヴィア・ヴェル・ヴァインからすれば、ありえぬ選択であった。

隣に立つ弟分も、同じ考えを抱いていたのだろう。

「ねぇ、お姉ちゃん。どうしてチャンスをフイにしたのかな？」

責めた調子ではない。

その声音には、強い好奇心が宿っていた。

そんな彼の問いに対して、オリヴィアは眉根を寄せながら、

「…………わからん」

そうとしか、言いようがなかった。

エルザードの雷撃をゼタ＝オルキス《同胞の盾》で吸収。それを数倍にして叩《たた》き返し、追撃を……というところで。

オリヴィアの心に、小さな波紋が生じた。

「……オーヴァン、リスケル、ファルコ」

吸収した雷撃の解放によって破壊された、十傑の彫像達。

それを目にして、ちくりと胸が痛んだ。

「なぜ、わたしは……」

馬鹿げている。

彫像など所詮、作り物だ。そんなものが壊れたところで、どうということもないだろう。

なのになぜ、こうも胸がざわつくのか。

これではまるで……

したくもないことをやらされて、壊したくない物を、壊したかのような。

「…………」

オリヴィアはゆっくりと、破壊された彫像を見回し、そして。

最後に足下へと目をやった。

そこには、彫像の首が転がっている。

十傑のそれと同様に、自分と弟分の姿を彫ったそれもまた、バラバラに砕けていて。

偶然にも、弟分の頭がここまで飛んで来たのだ。

それを目にした瞬間。

心に広がっていた小さな波紋が、大きな波へと変わった。

「…………………」

足下にある頭は、隣に立つ彼と同じ形をしている。

当然だ。

この彫像は、弟分であるメフィストを模しているのだから。

そこに違和感など、あろうはずもない。

……にもかかわらず。

ほんの一瞬、その頭が。

まったく違う人間のそれと、ダブって見えた。

「…………わたしの、弟分、は」

ズキリと頭が痛む。

あのときもそうだった。

壊れた弟分の彫像、その頭部を目にした瞬間、それが別人の顔と重なって……

なぜだか動揺したオリヴィアは、その場から一歩も動けなくなったのだ。

「なかなか、興味深い状態だねぇ」

隣接する弟分から放たれた声は、オリヴィアの耳に届いていなかった。

――その代わりに。

獣人族の耳は、別の音を漏らすことなく捉えていた。
「……敵襲か」
音の発生源は、上空。
歩行音を嫌い、空から襲撃してくるあたり、敵方は場慣れしているのだろう。
しかし、他種族からすれば無音の襲撃でも、獣人族の聴覚は騙《だま》せない。
空気の振動を察知してからすぐ、オリヴィアは空を見上げた。
その脳裏に、何百もの戦術を浮かべながら。
「まずは――」
と、呟《つぶや》く最中。
敵方の姿を捉えた瞬間、思考の全てが消し飛んだ。
なぜならば。
「目を覚ませ、オリヴィアッ！」
その声が。
その顔が。
その体が。
弟分の姿にダブった何者かと、あまりにも似ていたから。

「どうしたの、お姉ちゃん。僕を守ってよ」

「――――ッ！」

そうだ。弟分を、守らねば。

心の中から当惑を撥《は》ね除《の》けて、オリヴィアは戦闘態勢に入る。

腰元の剣を抜く己が動作に、奇妙な重さを感じながら――

◇◆◇

《固有魔法《オリジナル》》。

特定個人しか持ち得ぬ、再現不能の奇蹟《きせき》をそのように呼ぶ。

一般的な魔法とは違い、これはいかなる訓練を積もうとも会得《えとく》出来ない。

特殊な才を持って生まれた者だけが扱うことを許される、文字通りの特技なのだ。

ゆえにその力は絶大であり、《固有魔法《オリジナル》》を発動出来る者とそうでない者とでは、力量に天と地ほどの開きがある。

さりとて。現代においては究極の能力として扱われている《固有魔法《オリジナル》》だが、古代世界においては少しばかり別の見方がなされていた。

即《すなわ》ち――発動に難がある、と。

《固有魔法《オリジナル》》を用いるには特殊な詠唱が必要となるうえ、それを紡《つむ》ぐ間、全神経を発動に集中せねばならなくなる。

魔法文明が全盛であった古代において、それは大きな欠点として扱われていた。

何せ当時は、魔法の大半が無詠唱で発動するものとして考えられていたのだ。

こちらが《固有魔法《オリジナル》》という一手を打つ間、相手方は最低でも一〇手近くを打ってくる。

それを捌《さば》きながらの詠唱は困難であるため、《固有魔法《オリジナル》》は戦前の段階で発動しておくのが大前提となっていた。

――そうした古代の常識に則《のっと》る形で。

俺はオリヴィアに奇襲を仕掛けるべく、天空の只中《ただなか》にて、準備を整えていた。

重力に身を任せ、一直線に落下しつつ、我が《固有魔法《オリジナル》》、孤独なりし王の物語《プライベート・キングダム》を事前発動し、さらには勇魔合身《ゆうまごうしん》第三形態へとフェイズ・シフト。

そこまで完了したと同時に――地上にて待ち構えていたオリヴィアへと、肉薄する。

「目を覚ませ、オリヴィアッ！」

黒剣を振り上げながらの叫びに、彼女は大きな反応を見せた。

効いている。間違いなく。

勇魔合身の第三形態へと移行した理由は、現時点のオリヴィアと対等に戦うため……というのもあるが、それ以上に、副次的な作用を必須の要素と捉えたからだ。

この形態へと移行したなら、俺はアード・メテオールの姿ではなくなる。

前世の自分、つまりはヴァルヴァトスの姿へと変化するのだ。

「どうしたの、お姉ちゃん。僕を守ってよ」

「────ッ！」

悪魔の言葉を耳に入れたことで、揺れ動いていたオリヴィアの心が平静を取り戻したのか。

彼女は腰元に提げていた魔剣を抜き放ち、受けの構えを取った。

そして──激突。

剣と剣とがぶつかり合い、轟音《ごうおん》と衝撃を生み出す。

「おわぁっ」

生じた突風に吹き飛ばされる形で、メフィストが宙を舞った。

弱体化した自分は何も出来ないと、アピールしたつもりか。

当然、こちらがそんなことを信じるはずもなく。

「行くぞ、白トカゲ」

「ふん、足引っ張ったら殺すよ、女男」

メフィストが着地するよりも前に。

身を隠していた彼等《かれら》が広場へと侵入する。

《固有魔法《オリジナル》》を事前発動し、漆黒の炎翼を展開した状態のアルヴァート。

竜骨剣を携え、全力全開の闘気を放つエルザード。

両者はすぐさまメフィストへと肉薄し、

「「くたばれ」」

同じ台詞《せりふ》を、同じタイミングで叩き付けながら。

アルヴァートは黒炎の剣《つるぎ》を。

エルザードは竜骨剣を。

悪魔に対して、容赦なく振り放った。

「うわっとぉ！」

またもやわざとらしい悲鳴を上げて、地面へと伏せるメフィスト。

「あわわわわ！　に、二対一なんて卑怯《ひきょう》だぞう！」

「「うるさい死ね」」

メフィストの弱者アピールなど、この二人に通じるはずもない。

……実際のところ、弱体化した分身とはいえ、悪魔は悪魔だ。土壇場《どたんば》で何をしでかすかわかったものではない。

だから俺は、二人に足止めを頼んだのだ。

オリヴィアが元に戻る、そのときまで。

「くッ……！」

鍔迫《つばぜ》り合う中、彼女が苦悶《くもん》を見せた。

それは、こちらの力に押されているから……ではない。

彼我の力量差はこの時点において、こちらがやや優勢といった程度。

よって、我が対面にある、姉貴分の歪《ゆが》んだ美貌《びぼう》は。

「元に戻ろうとしている。そうだろう？　オリヴィア」

言葉を投げた瞬間、ほんの僅かに、彼女の力が緩んだ。

――押し込む。

あえて力任せに。素人《しろうと》めいた雑な所作で以《もっ》て。

もしオリヴィアが平常であったなら、こちらの力を利用し、体勢を崩したうえで、斬り伏せていただろう。

だが、実際に取った行動は、

「ぬぅッ……！」

後退。

なんの返し手も打つことなく、オリヴィアは後方へと跳躍し、刃圏から離脱した。

下がるべき場面ではないのに、それをしたということは、つまり。

俺から逃げたと見て、間違いない。

「やはりお前は、覚えているのだな」

それを再確認すべく、踏み込んだ。

あまりにも不用意な接近。

俺が彼女の立場だったなら、メフィストに与えられた力を行使して、十傑の魔装具を召喚し、迎撃にあたるところだが……

しかし、オリヴィアは何もしなかった。

苦悶しながら、俺の姿を見つめることしか、しなかった。

やがて肉薄し、再び剣と剣が交じり合う。

今一度鍔迫《つばぜ》り合いながら、俺は口を開いた。

「弟分《おれ》の名を、言ってみろ」

「ッッ……！」

剣の向こうにある姉貴分の顔が、さらなる苦悶を宿した。

おそらくは、混濁しているのだろう。

今、オリヴィアの脳内には、二つの情報が鬩《せめ》ぎ合っているのだ。

真実と虚偽。

本物の絆《きずな》と、偽りの絆。

それらが彼女の中で、激しく争っている。

「どうした、オリヴィア。答えられないのか」

「う、ぐ……！」

行ける。

俺はそんな確信を抱いた。

いかに改変されようとも、心の繋《つな》がりを断つことは出来ない。

それを今から、あの悪魔に証明してやる。

「思い出してくれ、オリヴィア。俺のことを。本当の、弟分を」

「う、うぅ……！」

背中を押す。ただ、それだけでいい。

そうしたなら、必ず、必ず——

相手は応えてくれる。

「わたし、の……弟分、は……！」

近付いてきた。

遠く離れていた心が、こちらへと、近付いてきた。

もう少しだ。もう少しで呪縛が解ける。

オリヴィアの心が、元の形へと——

「うん。ここまでは想定通りだね」

——元の形へと戻る、寸前。

アルヴァートとエルザード、両者の手によって食い止められていた悪魔が、ぐにゃりと頬を歪めながら。

瘴気《しょうき》を吐くように、言葉を紡ぎ出した。

「今回は手心一切ナシの最終決戦《ラスト・ゲーム》。これまでのようにステージを一つ攻略しただけじゃあ、クリアにはならないぜ」

刹那。

「わたし、の……弟分、は……」

すぐ間近までやって来ていたはずの心が。

遥《はる》か彼方《かなた》へと、離れてしまった。

「……メフィスト＝ユー＝フェゴール、ただ一人」

そして。

最悪の展開が、やって来る。

我が目前。

鍔迫り合うオリヴィアの右手首に、異変が生じた。

雲のような純白のオーラが突如として出現し、彼女の手首を覆い尽くす。

円形状のそれは、次第に質量を伴い始め――

腕輪が、創り出された。

それを見た瞬間。

俺は、呆然《ぼうぜん》とせざるを得なかった。

「そんな、馬鹿な……！」

基調色は、黒と金。

随所に施された、荘厳《そうごん》なる装飾。

中心部を走るラインに刻まれし、魔の討滅を意味する超古代言語。

そして、等間隔に並ぶ、七つの穴。

見まごうはずもない。

それはかつて、この俺が手ずから拵《こしら》えたもの。

――《破邪吸奪の腕輪》が、オリヴィアの手首に装着されていた。


このとき。

俺は、自分の愚かさを悔いた。

メフィスト＝ユー＝フェゴール。あの悪魔を誰よりも知り尽くしているのだと、そんな自負を抱いた自分が、今は呪わしくて仕方がない。

俺は、奴《やつ》の力を過小評価していたのだ。

「ルールや常識とは、破るためにある。口酸《す》っぱく言ってきたつもりだけれど、どうやら君にはその真意が伝わってなかったようだねぇ」

悪魔の声が、脳の内側に響いた。

「封印されてる腕輪を、どうして僕が使わないと思ったんだい？」

「封印されてる腕輪を、どうして僕が使えないと思ったんだい？」

嘲弄の音色は、まさに。

我が心を、絶望させるものだった。

「君が作ったルール《常識》を、僕が一度でも守ったことがあったかな？」

瞬間。

その言葉を証明するかの如《ごと》く。

《破邪吸奪の腕輪》を囲むように、七色の宝玉が現れ――それぞれが七つの穴に収まった。

奪われぬはずの方法で、管理していたはずなのに。

メフィストはそのルール《思い込み》さえも破って、宝玉を強奪したのだろう。

悪魔を討《う》つための切り札は今、姉貴分の手にあり……

その姉貴分は、悪魔の手中へと落ちていた。

となれば、もはや。

「オリ、ヴィア……」

「わたしは、一振りの剣。弟分の敵を、斬るためだけに存在する」
終わりだ。
どうすることも出来ない。
全身の虚脱感。それは、現状に対する絶望がもたらしたものであると同時に……
腕輪の効果によるものでもあったのだろう。
気付けば、俺は。
「……あっ」
斬られていた。
顔面を。
斜めに。深々と。
頽《くずお》れる。立っていられない。
ただの一撃で、決着が付いた。
「あと、二つ」
オリヴィアの呟《つぶや》き声を、倒れ伏しながら聞く。
──地面に我が身が横たわった頃には、何もかも終わっていた。
音もなく、声もなく。

アルヴァートと、エルザードが、胴を両断され、絶命した。
「…………………………いや、嘘《うそ》だろ？」
目前の最悪は、俺だけでなく、悪魔にとっても同じことだったのか。
ここで終わるだなんて。
そんな顔をしながら、奴はしばし沈黙し――
「あぁ、がっかりだ」
美貌《びぼう》から感情を消し去り、そして。
八つ当たりするかのように、オリヴィアの首を刎《は》ねた。
宙を舞うそれと一瞬、目が合う。
そこに何もなかったのなら。全てが無駄だったと思えたなら。
きっと俺は、諦観と共に終わることが出来たのだろう。
だが、しかし。
「…………………ヴァ、ル」
姉貴分は。オリヴィアは。
その瞳から、涙を零《こぼ》していた。
今際《いまわ》の際に、自己を取り戻したのか。

彼女の悔恨が、俺の胸中を灼《や》き始めた。

けれども、逆転の一手など皆無。

指一本さえ、まともに動かすことが出来なかった。

「ゲームオーバーだよ、ハニー。…………君には本当に、心の底から、失望した」

なんの情も宿さぬ、白き美貌。

されどその黄金色の瞳からは、涙が止《と》めどなく流れ落ち、

「この世界を破壊する」

奴の頭上に闇色の球体が生じた。

次の瞬間、周囲の物体が呑《の》み込まれていく。

人も、物も、亡骸《なきがら》も。

まるで全てが、最初から存在しなかったかのように、消えていく。

そんな中で。

「ハニー、君には罰を受けてもらう」

悪魔は淡々と、言葉を紡《つむ》ぎ続けた。

俺を、地獄へ落とすための言葉を、紡ぎ続けた。

「僕は君を殺さない。君だけを残して、この世界に存在する全ての生命を消し去る。君は

物語が終わった世界で永劫《えいごう》に生き続けるんだ。孤独という名の苦痛を味わいながら、ね」

そんな。

嫌だ。

そんな、結末など。

「――僕もそろそろ、お暇《いとま》させてもらおうかな」

頭上の球体を見上げながら、メフィストが呟く。

俺は必死に、手を伸ばした。

「や、め」

絞り出された声に対して、奴は。

「さようなら」

拒絶の意思を、返してから。

メフィスト＝ユー＝フェゴールは。

最大の宿敵は。

漆黒の球体へと飛び込んで、自らの命を絶った――

あれから。

あれから、どれほどの年月が経ったのだろう。

世界から全てが消えた後。

俺は、皆の存在を探し続けた。

在るはずもない希望を、求め続けた。

ジニー、シルフィー、オリヴィア、エラルド、数多くの学友達。

ライザー、ヴェーダ、アルヴァート、エルザード、世界中に存在する友人達。

そして――最愛の親友、イリーナ。

皆がどこかで、生きているのではないかと。

何か、想像もつかぬような奇跡が起きていて、俺の与《あずか》り知らぬところで、皆、寄り集まっているのではないかと。

そんな妄想を抱きながら、世界中を巡った。

何度も何度も何度も何度も何度も何度も。

そして。

九七三億、四八二五万、二八五四周目の巡行を終えたとき。

ついに、心が折れた。
現実を、受け入れてしまった。
——その場にて、倒れ込む。
土を握り締めながら、俺は嗚咽《おえつ》を漏らした。
最初は涙も流れ、声も出たが、しかしそれも、いつしか枯れ果てて。
胸の内には、死への渇望《かつぼう》だけが残った。
けれど、死ぬことが出来ない。
自ら命を絶っても、すぐさま復活する。
俺の不死性は、俺自身でさえ、どうにもならぬものだった。
……いつになったら、終わるのか。
そればかりを考えるようになった。
胸の内には、後悔の思いだけがあった。
自分という存在が、何よりも不快なものへと変わっていた。
今の俺は、もはやアード・メテオールではない。
完全欠落の失敗者。
俺の人生は、前世も、今世も、無為なものだった。

消えてなくなりたい。

誰か、俺を。

誰か。

「殺して《助けて》、くれ……」

叶《かな》わぬ願いが、口から漏れ出た、そのとき。

俺の中から、何かが抜け出てくる。

煌《きら》めく粒子。それはやがて、人型を形成し——

彼女の姿が、目前に現れる。

「リディ、ア」

かつての親友。

この世の何よりも、誰よりも、愛した人。

彼女の姿に俺は、涙した。

「あぁ、リディア……」

縋《すが》り付いても、彼女は何も応えない。

これは、孤独感が無意識のうちに創り出した、幻影に過ぎないのだから。

しかし、それでも。

「叶うなら……償いたい」

過去の過《あやま》ちを。

そのうえで、俺は。

「お前の手で、消えることが、出来たなら」

狂った思考かもしれない。だが、その狂気こそが、今の俺にとっては正気そのもので。

そんな意思に応ずるかの如《ごと》く。

次の瞬間。

新たな煌めきが、発生し――

気付けば。
目前の光景が、激変していた。
今、俺の目に映るものは、滅びきった世界ではなく。
サフィリア合衆国首都・ヴェルクラット、その広場で。
そして。

「わたしは、一振りの剣。弟分の敵を、斬るためだけに存在する」

オリヴィアが。
死んだはずの彼女が、剣を構えていた。
…………時が、巻き戻ったというのか？

いや。

違う。
これはおそらく、そういうことではない。
そもそも、終わってなどいなかったのだ。
これから起こりうる未来を、俺は──
「予知ではない。貴様は、俺が辿《たど》った結末を追体験したのだ」
どこからともなく声が響いた、その直後。
一陣の風が、吹き荒れて。
いつの間にか。
まるで、最初からそこに存在していたかのように。
奴《やつ》が、立っていた。
「……あぁ、まったく。何もかもが懐《なつ》かしい」
鍔《つば》迫《ぜ》り合う俺と、オリヴィアのすぐ傍《そば》に。
あいつが。
完全欠落の失敗者が。

もう一人の、俺が。

――ディザスター・ローグが、立っていた。

第一一話　元・《魔王》様と、究極の試練　後編

忘れもしない、夏季に行われた修学旅行の初日。

目的地である古都・キングスグレイヴへと向かう中。

神を自称する存在の手により、俺はイリーナとジニーを伴って、古代世界へと転移した。

世界を滅ぼす原因を排除せよと、そんな指令を受けて。

当初、我々は《魔王》・ヴァルヴァトス、即《すなわ》ち、もう一人の俺が、何かしら関係しているのではないかと怪しんだ。

事実、その一件はもう一人の俺によって起こされたものではあったのだが……

しかしそれは、過去の俺《ヴァルヴァトス》ではなかった。

今、俺とオリヴィアの傍に立つ男。

ディザスター・ローグ《別世界の俺》の手によって、起こされたものだったのだ。

「…………ッ！」

誰もが、驚愕《きょうがく》を面に出していた。

俺やオリヴィア、エルザードにアルヴァート、そしてメフィストまでもが。

皆一様に、その男へ視線を向けている。

身に纏《まと》うは、ボロボロになった学生服。

顔立ちや背丈は俺とまったく変わりない。差異があるとしたなら、白髪交じりの頭髪と
……顔面に刻まれし斬痕《ざんこん》。この二つか。

そんなローグの姿を前にして、俺は無意識のうちに口を開いていた。

「なぜ、貴様がここに……!?」

古代世界を舞台とした一件にて、俺と奴は敵対し、ぶつかり合った。

その結果、敗北を喫したローグは、おそらくあの後、元の世界に戻ったのだろう。

何もかもが終わってしまった、最果ての世界へと、戻ったのだろう。

それがいったい、なにゆえ。

「……貴様に敗れた後、過去《きず》に対する向き合い方を変えたのだ」

俺の問いに対して、ローグは自らの面貌に走る斬痕をなぞりながら、

「元居た世界へ戻ってから、すぐのことだ。夢か現《うつつ》か……リディアが俺のもとへ現れた。

そして、奴はこう言ったのだ」

過去を変えることは出来ない。だがそれは、現在《いま》に抗《あらが》うことを諦める理由にはならない。

……実に、あいつらしい言葉だ。

「相まみえたとき、貴様は言ったな。俺はただ救われたいだけなのだと。そのために、リディアを利用しているだけなのだと。……真実、その通りだ。俺の救いとは自らの消失以外になかった。あいつの手で討《う》たれ、消えることが出来たなら、と。そんな思いしか、俺の中にはなかったのだ。しかし……」

リディアとの対話を経た今、まったく別の感情が、奴の中にはあるのだろう。

ローグはそれを言葉へと変えて、紡《つむ》ぎ出した。

「かつて、進むことが出来なかった未来を、この目で見たい。仲間達の笑顔を、もう一度、この目で。ゆえに俺は――」

奴はまず、オリヴィアへ視線を向けて。

それから。

悪魔《メフィスト》を射殺すように睥睨《へいげい》し、宣言する。

「俺は、皆を救いに来た。それは即ち……メフィスト＝ユー＝フェゴール、貴様を滅ぼしに来たということだ」

ローグの全身から闘志が発露した、そのとき。

いつの間にか、奴がメフィストの目前へと移っていた。

何をしたのか、まったくわからない。目視確認不能な速さで動いたのか。それとも、認識が出来ぬほど早く魔法を発動したのか。いずれにせよ――

ローグは、あのときよりも遥《はる》かに、強くなっている。

「狂うほどの孤独を経た今、貴様さえも愛おしく感じるのではないかと、危惧していたが」

相手《メフィスト》の言葉を待つことなく、ローグはなんらかの一撃を叩《たた》き込んだのだろう。

悪魔が宙を舞い、放物線を描き、地面へと落下。

石畳の上でのたうちまわるメフィストを見つめながら、ローグは一言。

「憎らしいままで、本当に良かった」

淡々と語る姿に、俺は畏怖を覚えた。

強い。あまりにも、強い。

エルザードやアルヴァートもまた、同じ想《おも》いを抱いたのだろう。

瞠目《どうもく》しながら、二人はローグへと問うた。

「お前……」

「本当に、アード・メテオールなのか？」

奴は敵方を睨《にら》んだまま、

「いいや。その名はとうに捨てている」

そして、淡々とした声音に決意の思いを宿しながら、答えた。

「今の俺は――――不撓不屈の再生者《ディザスター・ローグ》だ」

以前、古代世界にて見えたときと同じ名であったとしても、そこにはきっと別の意味が宿っているのだろう。

ローグの眼差《まなざ》しに確かな信頼を覚えた、そのとき。

「疾《シ》ィッ！」

俺と対峙《たいじ》していたオリヴィアが、ローグへと向かって踏み込んだ。

改変された彼女からすると、奴は弟分に危害を加えた、憎き敵でしかないのだろう。

不味《まず》い。

いくらローグが強くとも……いや、そうだからこそ。

「《破邪吸奪の腕輪》は、いい感じに働くだろうねぇ」

笑う悪魔。

奴の言う通りだ。

あの腕輪は、周囲の生命体から力を奪い、我が物とする。

よって対象がいかなる力量を持っていようとも、彼我のそれは確実に逆転するのだ。

ローグとてそのことは知り及んでいよう。
だが、それでも。
奴は不動のままオリヴィアを迎え入れ——
「破アッッ！」
彼女の斬撃に対して、ローグは微動だにしなかった。
そう——
出来なかったのではなく、しなかったのだ。
果たしてオリヴィアの刃は奴の肩へと当たり、そこで、停止した。
「ッッ⁉」
瞠目する。
俺達皆、全員が。
そんな我々の反応に対し、ローグは一つ息を吐いて、
「何を驚くことがある？　まさかまさか、この俺が対策を怠っていたとでも？」
言われて、ハッとなった。
そうだ。奴は敗北の未来からやってきた、もう一人の俺なのだ。
この展開を知ったうえで、何も手を打たぬはずがない。

それは当然の措置、なのだろうが。

「腕輪の効果は今、俺の妨害術式によって無効化されている。もはやそれは、ただの装飾品に過ぎない」

断言してみせるローグに、俺はある疑問を抱いた。

どうやら、メフィストも同じだったらしい。

「……確か、腕輪の構成術式って、君にも理解出来ないよう、あえてブラックボックスにしてたんじゃなかったっけ？」

「あぁ。腕輪を造り終えた後、俺は鍛造に関する記憶を全て消去した。さまざまな可能性を考慮した結果、それが最適解だと考えたからだ」

「そこに加えて……君、腕輪に解析不能の術式を付与してたよね？」

「あぁ」

「ということは、つまり。腕輪の構成術式を一切合切、何も知らないまま、妨害術式を組み立てたってことになるよね？」

「それがどうした？」

平然と答えるローグに、俺は目眩《めまい》を覚えた。

妨害術式とは、対象となる魔装具、ないしは魔法そのものの術式を知っていなければ、

構築難度は上昇する。

しかも対象の構成術式が複雑であればあるほどに、その構築難度は上昇する。

《破邪吸奪の腕輪》を構成する術式はおそらく、俺が知りうる物の中でも最上位の複雑性となっているだろう。

構成術式を知っていたとしても、妨害術式の構築は困難であろうに。

構成術式を知らぬまま、どうやって、妨害術式を構築したというのだ……？

「何も、たいしたことはしていない。時間をかけさえすれば誰でも出来ることだ」

平然とした顔のまま、ローグは答えを提示する。

その内容は、あまりにも馬鹿げたものだった。

「術式とはつまるところ、魔法言語の集積体だ。それは妨害術式とて変わりない。であれば――魔法言語の構築パターンを全て試していけば、いずれ答えに辿《たど》り着く」

おかしい。

本当に、こいつは、俺なのか？

そんなことが、俺に可能なのか？

呆然《ぼうぜん》となりながら、俺は無意識のうちに呟《つぶや》いていた。

「魔法言語の構築パターンは……実質的に、無限に近いのだぞ……？」

「それを実行したとしても、どれが答えになるか、わからんではないか……」

「あぁ。だから、構築した術式を全て記憶した。そして、この世界へ来たと同時に、これと思うものを全て発動した。数はおよそ、六〇〇〇京あたりか」

「あぁ、そうだな」

……………無茶苦茶だ。

もう、言葉が出なかった。

全員、同じだった。

メフィストさえ、口を開けて黙り込んでいた。

ただ一人、ローグだけが泰然としたまま、

「時間だけは無駄にかかったよ。何せこちらの世界へ移動するための魔法と、自己鍛錬も必要だったからな。そこに加えて、腕輪の妨害術式の構築時間まで含めると……………確か、六八四穣《じょう》、五二六八秭《し》、七〇三九垓《がい》、四八九二京、九七五六兆、二五八二億、三五六九万、七七五二年、だったか」

こいつは、本当の本当に、俺なのか？

信じがたい言葉を、あっさりと言って。

それから奴《やつ》は、メフィストへ視線をやりながら。

「喜べ。今回こそは貴様に、絶望《そうていがい》を味わわせてやる」

そのために。

無間獄に等しき時間を、過ごしたのだと。

常人がこのような気迫を受けたなら、それだけでも心臓を止めてしまうだろう。

だが……

むしろメフィストは、ときめく乙女のように、頬を紅《あか》く染めながら、

「素敵だ……！　やっぱり君は最高だよ、ハニー……！」

喜んでいた。

慈《いつく》しんでいた。

楽しんでいた。

絶大な殺意を浴びて、悪魔はそれゆえに笑う。

そして予定変更とばかりに、全身から気力を立ち上らせ——

「こうなったなら話は別だ。ここで君と」

全力で遊ぶ、とでも言うつもりだったのだろう。

だが、その前に。

「貴様の願いなど、聞いてはやらん」

冷然とした声がローグの口から放たれ、そして。

次の瞬間、メフィストの全身に漆黒の杭《くい》が打ち込まれた。

次いで、その鋭い先端が地面へと向かい、突き刺さることで、悪魔の体を固定する。

「――っ！」

瞳を大きく見開いた悪魔へ、ローグは冷ややかな口調で、

「今回は、オリヴィアの奪還に集中させてもらう」

メフィストを相手に己が意を通すというのは、不可能と言ってもよい。

だが、ローグはそれをやって見せた。

「……………これは、想定外だなぁ」

台詞《せりふ》に反して、悪魔の顔には喜悦が宿っていた。

「力が使えない。分身である僕と本体の僕を遠隔で結合させることも不可能。……ふふ、こんな無力感を味わったのは、生まれて初めてかもしれないなぁ」

美貌《びぼう》に宿る明るさと、奴が置かれた危機的状況の深刻度は比例する。

あの煌《きら》めく笑顔からして、メフィストの言葉は偽りないものだろう。

であれば――

「後は、貴様の役目だ」

ローグの目前にて剣を構えていたオリヴィアが、突風によって吹き飛ばされた。

舞台を整えてくれたと、そういうことだろう。

着地したオリヴィアは、俺と対峙する形となっていて。

そんなこちらへと、ローグが言葉を放つ。

「見せてみろ、アード・メテオール。俺が夢想した未来を。成し得なかった結末を」

言葉と視線から、奴の感情が伝わってくる。

もはや自分はアード・メテオールではない。

だから。

かつて進むことが出来なかった場所へ行くのは、お前なのだと。

失敗者から再生者へと変じた男の意思を受け止めながら、俺は――

「共に行こう。不可能を、乗り越えて」

それはローグへの思いであると同時に、オリヴィアへの思いでもあった。

「フッッ！」

鋭い呼気と共に踏み込む。

対し、オリヴィアは白い貌《かお》を苦悶《くもん》に歪《ゆが》めながらも、受けの構えを見せた。

彼我の間合いはすぐさまゼロとなり、我が黒剣と彼女のそれが、今一度ぶつかり合った。

……どうやら本当に、腕輪の効力がなくなっているようだな。

力を吸われる感覚は全くない。こうして五分の力で鍔迫《つばぜ》り合っていられることが、何よりの証明であろう。

剣を挟む形で視線を交錯させながら、俺は姉貴分へと言葉を投げた。

「思い出せ、オリヴィア。俺達の関係を。俺達の絆《きずな》を。かけがえのない、記憶を」

握った柄に力を込め、彼女の得物を押していく。

力勝負は出来ぬと判断したか、オリヴィアはあえて握りを弱め、脱力し……こちらの真横へと回り込んだ。

技の勝負に持ち込むつもりなのだろう。

望むところだ。

むしろそれを待っていた。

万の言葉を尽くすよりも、なお。

「剣による一合は、遥《はる》かに多くの意思を伝え合う」

かつて姉貴分に教えられたことを、口にして。

俺は刃を用いた対話へと、身を投じた――

◇◆◇

オリヴィア・ヴェル・ヴァインは今、困惑の極みにあった。

すべきことはわかっている。迷いを抱く理由もない。

なのに。

「くっ……！」

体が重かった。

剣を執る腕が重かった。

心が、重苦しかった。

「疾《シ》ィッ！」

斬撃を繰り出す。

……その行いが、そもそもおかしいということに、オリヴィアは気付いていた。

この戦い方は効果的ではない。

平常の自分であったなら、剣だけが恃《たの》みだった。しかし現在、弟分の力によって、十傑の魔装具を用いることが出来るようになっている。

ならば、そうすべきであろう。

今は亡《な》き家族《なかま》の力を用いて、愛すべき弟分を救う。

そうしなければ、ならないのに。

なぜ、出来ないのか。

なぜ、拒んでいるのか。

自分で自分が、わからない。

そんな思いを抱いた瞬間。

「出来ないのではない。してはならぬと、心の奥底で理解しているからだ」

対面にて、剣を握った敵が、こんなことを言った。

「家族も同然に愛した仲間達の力で、過《あやま》ちを犯してはならない。お前の潜在意識が、そのように叫んでいる」

踏み込んできた。

大雑把な動作だ。捌《さば》くのは容易《たやす》い。

僅かな動作で回避し、そこから連動する形で剣を返してやれば、相手の首が飛ぶ。

そのイメージがオリヴィアの頭にはあった。

そうなるよう動くべきだった。

それなのに。

「っ………………！」

五体を躍動させようとする直前、チクリと胸が痛み、その感覚が剣を鈍らせた。

結局、今回の一合でもまた、敵を斬ることが出来ず、

「チィッ……！」

相手の剣を受け流し、後ろへ跳ぶ。

まさに、逃げ腰であった。

そんなオリヴィアを見つめながら、敵方は、

「幼い頃、お前は俺に、剣術を教えてくれたな」

そう呟《つぶや》いてからすぐ、その姿が消失し、

「打ち込み稽古の際にこちらが後ろへ退いたなら、お前は俺を軟弱者と呼んで、尻を蹴飛ばしてきた。――こんなふうに」

刹那、臀部《でんぶ》に衝撃が走り、オリヴィアはバランスを崩した。

やられる。

と、そのように確信したが、しかし。

敵はなぜだか、追撃をしなかった。

絶好の好機を自ら逃し、ただオリヴィアを見つめ続けるのみだった。

舐《な》めているのか。

平常のオリヴィアだったなら、そのように叫んでいただろう。

だが、この相手には。この敵方には。

「っ…………！」

一言も、返せなかった。

「ふむ。ちょうどいい機会だ。幼い頃の仕返しをしてやろう」

小さく笑いながら、敵方が踏み込んでくる。

オリヴィアは受けの姿勢を取ったが、前回と同様に、相手の姿が突如として消失し――

「真横への警戒が甘い」

腰に衝撃。

またもや蹴っ飛ばされたのだろう。

そして姿勢を崩すが……やはり、追撃はしてこなかった。

その後も、似たような展開が続く。

「振りかぶる動作が大きい。胴が隙だらけだ」

鳩尾《みぞおち》を強《したた》かに打たれ、

「上体にばかり気を向けるな。下がガラ空きだぞ」

向こう臑《ずね》を蹴られ、

「なんか気に入らん」

顔面に拳を叩《たた》き込まれた。

「貴様ッ……！」

ムカムカしてくる。

怒りが、沸き上がってくる。

だがその感情は、敵を討《う》たんとするところには繋《つな》がらなかった。

これは、まるで……

小憎たらしい弟をブン殴るときの、幼稚な感情に、よく似ている。

敵に対して、なぜ、こんな。

「腹が立ったか？　しかしな、オリヴィア。当時のお前はもっと理不尽だったぞ。何かにつけて人の頭をバシバシバシバシと。いったい俺が何をしたというのだ」

ジットリした目を向けてくる、対面の敵へ――

そのとき、オリヴィアは。

「貴様の非常識を正そうとしただけだ、この大馬鹿者が」

瞬間、ハッとなる。

なんだ、今のは？

なぜ、言葉が出た？

しかも、明らかに、敵に対する言い草ではなかった。

弟を叱るときの、それだった。

「……非常識を正すにしても、もう少し、しとやかに出来なかったのか。そんなだからお前はいつまで経《た》っても男が寄りつかんのだ。このままでは永遠に行き遅れてしまうぞ」

カッとなった頃にはもう、足が動いていた。

「寄りつく男など、星の数ほど居たわッッ！」

さっきみたく、なぜだか勝手に口が開いていて。

繰り出された斬撃は、一切の迷いなき、美しいものだった。

「なぁ、オリヴィアよ。配下や傍仕《そば》えは男としてカウントしないのだぞ？」

「そんなもの、貴様の基準でしかないだろうがッ！」

叫んでいた。

ひょいひょいと身を躱《かわ》す敵方へ、思い切り。

「十傑の面々を始め、私に求婚した男は数多《あまた》存在したのだッ！　貴様を気遣って婚約しなかっただけでッッ！　私は断じて、行き遅れなどではないッッッ！」

「……あぁ、うん。わかった。俺が悪かった」

「なんだ、その哀れんだ眼差《まなざ》しはぁあああああああああああああッッ！」

腹立たしかった。

憎たらしかった。

しかし……殺意や敵意など、微塵《みじん》も感じなかった。

「そもそもッ！　貴様が色恋についてとやかく言える立場かッ！　貴様こそ一人も女が寄ってこなかったではないかッ！」

「…………は？　何人も居たが？」

剣を、交わす度に。

「だったら名前を言ってみろッ！　名前をッ！」

「……フレイア、リステル、アテナ」

「一人目と二人目は女と呼べぬ代物だろうがッ！　三人目に至っては、貴様が人恋しさのあまり創り出した、妄想の産物――」

「違うわぁああああああッ！　アテナは現実に存在するわぁあああああああッ！」

言葉を、交わす度に。

変わっていく。

自分という、存在が。

流れ込んでくる。

失っていた、記憶が。

そして。

「この大馬鹿野郎がッ！」

「このわからず屋がッ！」

互いに、頬を殴り合って。

互いに、宙を舞って。

敵方は仲間のもとへ。

オリヴィアは――

弟分《メフィスト》のもとへと、着地した。

「ずいぶん苦戦してるね、お姉ちゃん」

声が。

彼の声が、頭に入った、その瞬間。

「うっ……！」

痛い。

頭が、割れるように、痛い。

「く、あ……！」

薄れていく。

消えていく。

変化しつつあった自分が。

流れ込んで来た記憶が。

その果てに、オリヴィア・ヴェル・ヴァインは――

◇◆◇

俯《うつむ》いていた。

疲れ果てたように、ぐったりと。

そんなオリヴィアを前にして、悪魔がにんまりと笑う。

「……さすがといったところか」

腕を組みながら、ローグが呆《あき》れたように嘆息する。

「この短時間で、拘束の一部を解除するとは」

それで以《もっ》て、奴《やつ》はオリヴィアに影響を与えたのだろう。

そしてメフィストは、いやらしい笑顔を浮かべたまま、

「さぁ、もう一踏ん張り頑張ってもらおうか」

オリヴィアへの再改変は完了している。そんな言い草だった。

「チッ、面倒な奴だな……！」

「どうする、アード・メテオール。僕達も加勢しようか？」

エルザードやアルヴァートにしても、まだ状況が終わっていないという認識なのだろう。

だが——

俺とローグだけは、まったく別の考えを抱いていた。

「じゃあ早速やっちゃってよ、お姉ちゃん」

アルヴァートとエルザードが身構えた。

反して、俺とローグは不動。ただ姉貴分の姿を見つめるのみだった。

そんな我々の視線を浴びながら。

オリヴィアは俯いたまま、口を開く。

「もう一度、わたしのことを、呼んでくれ」

メフィストは特に疑問を抱かなかったのだろう。

「お姉ちゃ――――」

促されるがままに、言葉を紡《つむ》がんとする。

だが、その最中。

俯き続けていたオリヴィアが、勢いよく顔を上げて。

「――わたしの弟分は、わたしをそのようには呼ばん」

一閃《いっせん》。

背後を向くと同時に、彼女は魔剣を振るい、悪魔の首を薙《な》いだ。

それは場に立つ面々、全員にとっての想定外だったのだろう。

エルザードも。アルヴァートも。

そして今、首を両断されたメフィストも。

ただ、俺だけは。俺達だけは。

「それでこそだ。姉上」

微笑しながら、当然の帰結を、受け入れるのだった。

「……今日は本当に良《い》い日だなぁ。想定外の事態が、こんなにもたくさん起きるなんて」

地面に転がるメフィストの首から、明るい声が飛ぶ。

敗れてなお、いや、敗れたからこそ、奴はそれが嬉《うれ》しくて仕方がないのだろう。

そんな宿敵に、俺とローグは並び立ちながら。

「我々は貴様との遊戯《ゲーム》に勝った。この結果はそう捉えてもよいのではないか？」

「改変された相手を魔法なしで元に戻す。そんな不可能を可能とするのが、絆《きずな》の力である、と。俺達はそれを証明してみせた」

そう。

そもそもの発端は、そこだ。

「学園にて、貴様はこう言ったな？　この世界には本物の生物など、どこにも存在しないと。強いて言うならば、自分と俺だけだと」

他人は己が力で改変出来てしまう。その情報の全てを、書き換えることが出来る。

そんな存在は、生物と呼ぶべきではない。

周囲の誰かが無機質な物体のようにしか感じられぬがゆえに、自分は孤独であり……

そしてそれは、俺にも当てはまると、奴は言った。

友愛という言葉は、超越者である俺と貴様の間にしか成立しない。我々は互いを改変し合うことが出来ぬがために。思い通りに、ならぬがゆえに。友情と愛情を育むことが出来る。……メフィスト襲来時、俺はその言葉を否定することが出来なかった。

俺達の絆は本物だと、証明したかった。

けれども結果は惨敗《ざんぱい》。

改変された者達を一人も元には戻せず、俺は、終末を受け入れてしまった。

しかし、それから、エルザードに救助されて。

アルヴァートを仲間に加え。

今に至りて、俺は確信を抱いている。

「やはり、俺が仲間達と築いたものは、全てが本物だった」

オリヴィアの姿がその証明であろう。

文句の付けようがない状況を、叩《たた》き付けながら。

俺は悪魔へと、断言する。

「我々の勝利だ。メフィスト＝ユー＝フェゴール」

これを受けて、奴は。

「いやいや。たった一回だけだし。まだ偶然かもしれないじゃん？」

すっとぼけたような調子で、こんな言葉を返してきた。

「ていうか僕、一回勝負とは言ってないんだけど。……言ってないよね？　うん、言ってても記憶にございません。そういうわけで、最終決戦《ラスト・ゲーム》は続行させていただきま～す」

ケラケラと子共のように笑うメフィスト。

その言葉は完全に予想通りだったため、まったく気にはしなかったが——

存在そのものは、依然として憎らしかったので。

俺とローグは、互いに顔を見合わせると。

「そうか。ならば学園で待っていろ」

「そこへ向かう道すがら、どうせ貴様は色々と用意しているのだろうが」

「我々にはなんの問題にもならん。圧勝を続けたうえで、最後に貴様を叩き潰《つぶ》してやる」

その予行演習として。

俺とローグは足を振り上げ——

「ははっ、マゾヒストの僕にとっては、むしろ」

言葉を最後まで聞くことなく。

――悪魔の首を、踏み潰すのだった。

閑話　いじけ虫は弟子の気持ちがわからない

《破邪吸奪の腕輪》を回収し、姉貴分《オリヴィア》を仲間に加えたうえ――
もう一人の自分という予期せぬ存在もまた、我々の一員として行動することになった。
「…………」
メフィストの消滅後、オリヴィアが複雑げな顔をして、俺とローグを交互に見た。
言いたいことはわかる。
改変されていたとはいえ、刃を向けてしまったことに対する謝罪。
ローグという存在に対する疑念。
いずれも話し込めば長くなりすぎる。
ゆえにオリヴィアは沈黙し続けているのだろう。
そんな彼女へ、ローグが、
「……俺の事情は後ほど話す。今はここから脱するのが先決だ」
皆、首肯を返した。

この場は敵地そのものであり、気安く会話出来るところではない。

よって我々は急ぎヴェルクラットを脱し――

外部にて、ローグが簡単に己が事情を説明。

現代人であれば簡単には信じられぬような話だろうが、さすが皆、古代の出身者といったところか。

「……なるほど」

「まぁ、役に立つならなんでもいいや」

「先程の一戦で実力は確認済みだ。それ以外のことには興味ないね」

オリヴィア、エルザード、アルヴァート、三者共にアッサリと納得した。

その後、すぐ。

オリヴィアが少しばかり表情を蔭《かげ》らせながら、口を開こうとするが。

「謝罪などけっこう。貴女《あなた》は元に戻ってくれた。それだけで、全てが精算されています」

「……そう、か」

獣の耳を垂れさせ、尾を左右に振る。

どこか安心したような様子を見せたまま、オリヴィアは次の言葉を口にした。

「……それはそれとして。戦闘中に吐いた暴言の数々、この一件が終わったなら、まとめて精算してもらうからな。覚悟しておけ」

「…………昔から本当に理不尽ですねぇ、貴女は」

苦笑しながら嘆息する。

そうして俺は、もう一人の自分へと目をやり、

「そのときは貴様も道連れだ」

「は？　馬鹿か貴様。なにゆえ俺が、そのような」

「俺は貴様であり、貴様は俺なのだ。よって我が行いの半分は貴様が責任を持つべきだろう」

「……ここまで自分が不条理な人間だとは思っていなかったな」

肩を竦《すく》めながら、ローグが眉間に皺《しわ》を寄せた。

その表情には……少しばかりの寂寞《せきばく》が、宿っていて。

どうやらその情念は、今後に関わるものだったらしい。

「残念だが、この一件が終わる頃には、俺は既に消滅しているだろう」

「……消滅？　消失ではなく？」

「あぁ。元の世界に戻るというわけではないからな」

ローグは淡々と、確定した未来を述べるように、言葉を紡いだ。

「俺はこの世界で消滅する。アード・メテオール、貴様と融合することで、な」

「融合？　……どういうことだ？」

「それに答えるよりも前に、まず説明しておくべきことがある」

淡々とした口調を維持したまま、ローグは語り続けた。

「異なる時間軸への移動、あるいは異なる世界への移動。いずれも当該する世界に悪影響を及ぼす。特に後者は極めて甚大《じんだい》だ。短時間の滞在であれば問題はないが、それが長期間となれば……俺が元いた世界とこの世界が結合し、想像もつかぬような現象が発生する」

なにゆえ、そのようなことを知り及んだのか。

胸の内に生じた疑問を、ローグは察したらしい。

「こちらの世界に移動する前に、な。神を自称する男が再び、俺の目前に現れた。そして、先程の情報を述べたうえで……奴《やつ》は、こう言ったよ」

目的を成したところで、君には未来がない。それでもやるのか？

……ローグはこの言葉に、迷うことなく頷《うなず》いたのだろう。

かつて自己を救わんとするために、自己を犠牲とすることを選んだ男は、今。

皆を救うために、自己を犠牲にしようとしているのだ。

自分自身であるがゆえに、その感情は理解出来る。

理解出来るからこそ、否定したいとも思う。

「……何か、手立てがあるはずだ」

俺は頭を巡らせ、

「……《外なる者達《アウター・ワン》》とて、異世界からの来訪者ではないか。しかし奴等《やつら》がこの世界に来たことで、何か変異があったかといえば……そのような痕跡は見当たらなかった」

「それはメフィストの異能によるものだ。奴がそう願ったがために、世の理がねじ曲がったのだろう」

ローグは小さく息を吐きながら、ジッと俺を見つめてきた。

視線から意思が伝わってくる。

俺のことは諦めろ、と。

「そもそも、俺の消滅はメフィスト打倒のための絶対条件だ。これを外すことは出来ん」

反論しようとした俺を制するように、ローグがその詳細を説明し始めた。

「元居た世界にて、俺は自己鍛錬と、腕輪の妨害術式の構築に明け暮れながら、メフィストの討伐について考えを巡らせていた。先程の一戦でも述べた通り、気が遠くなるような時間を過ごしたわけだが……それでもなお、確信が抱けるような策は見出《みいだ》せなかった」

これに対し、アルヴァートが口を開く。

「分身体とはいえ、あのメフィストを手玉に取ったんだ。君が腕輪の力を用いれば」

「あぁ。接戦に持ち込むことは可能かもしれない。だが、それでは不十分だ」

この言葉には、俺も同意するしかない。

メフィスト＝ユー＝フェゴールは読んで字の如《ごと》くの《邪神》である。

《魔王》と《勇者》が肩を並べてもなお敵《かな》わず。

《勇者》を失った《魔王》が全てを引き換えにする覚悟を決めてもなお、倒せなかった。

「奴を暴力でねじ伏せるのは、もはや不可能と断言しても良い。だがもし、それを成すような策があるとしたなら……およそ、尋常のものではなかろう」

《破邪吸奪の腕輪》を用いた、真正面からの衝突。あるいは搦《から》め手も用いての技巧戦。

いずれも尋常の手段に過ぎない。それでは《邪神》を殺すことなど、到底不可能。

それゆえに。

「……融合、か」

先程、ローグが述べた言葉の中にあった単語。その意味を、奴が語り始めた。

「現段階においては、机上の空論に過ぎんが……異なる世界の同一存在が統合したのなら、それが持つエネルギーは単純に倍加するという可能性が高い」

それからローグは、このように付け加えた。

「本来ならば、実証したうえで行うべきものだが……俺の世界には、それを試す方法がなかった。いや、それを実行可能な存在が、喪《うしな》われていたと言うべきか」

この言葉を受けて、俺は脳裏に一人の少女を思い浮かべた。

「…………ヴェーダ、か」

「あぁ。実証には奴の異能が必要不可欠だ」

ヴェーダが有する異能は、破壊と創造。別の言い方をするならば、分解、結合、再構築。

それを用いることでしか、ローグが打ち立てた策は実行出来ぬということか。

「じゃあ次は、そのヴェーダって奴のところに行くのか」

エルザードの言葉に、ローグが首肯を返した。

……こいつの消滅云々《うんぬん》は、とりあえず後回しにしておこう。

今はヴェーダだ。

彼女を元に戻す。

それはきっと、想像を絶するような困難を伴うのだろう。

しかし。

「……出来るさ。貴様にならｌ」

オリヴィアが、俺の肩に手を置いて、断言した。

「そうだね。一人戻せたというのは大きい」

アルヴァートが肯定の言葉を投げる。

「そんなことより。ヴェーダって奴の居場所はどこだよ？　もし遠いところだったら自分達で飛んで行けよ。お前等を長時間乗せるとか、もうやってらんないから」

エルザードが口を尖《とが》らせる。

……彼等《かれら》が居れば。この仲間達が、居れば。

不可能など、どこにもありはしない。

俺は微笑を浮かべながら、ヴェーダが居るであろう東の方角へと目を向け、

「行きましょう、皆さん」

勝利へと近付くために。

皆を元へ戻すために。

我々が望む、未来のために。

俺は仲間達と共に、新たな試練へと身を投ずるのだった――

◇◆◇

古都・キングスグレイヴ。古代世界の情景を色濃く残す、旧《ふる》き大都市。

その一角には、彼女の研究施設が設けられていた。

外観は彼女らしい奇抜なデザインであるが、内観は意外にも極めてシンプル。

そんな建造物の一室にて。

溶液に満たされた無数のガラス管に囲まれるような形で、二人は盤上遊戯《ボードゲーム》に興じていた。

椅子の背もたれに体重を預け、腕を組み……身を乗り出して、駒を動かす。

そしてメフィスト＝ユー＝フェゴールは、相手の駒を取りながら一言。

「さすが、僕のハニーといったところかな」

彼の右目には、ここではない別の場所の光景が映っていた。

サフィリア合衆国首都・ヴェルクラットでの一幕。

かの元・《魔王》が特大の想定外を連発し、見事にこちらの思惑を打ち破る。そんな好ましい状況を前にして、メフィストは口元に歓喜の笑みを宿した。

「まさかまさか、別世界のハニーがやって来るだなんて。これぱっかりは想定出来なかったなぁ。ふふふふふ」

敗れて喜ぶ。そんな悪魔の様子に、対面の彼女は駒を手に取りながら、

「……さすがと言うべきなのは、ヴァル君じゃなくて、あなたの方かもよ。師匠《せんせい》」

無機質な声が、小さな唇から漏れ出てきた。

ヴェーダ・アル・ハザード。

双尾状《ツインテール》に纏《まと》めた金糸の如き毛髪。ぶかぶかの白衣。幼さが目立つ可憐《かれん》な容姿。

外見を構成する全てが彼女をヴェーダ本人であると証明しているが、しかし。

その愛らしい顔には、平常時のふてぶてしさがどこにもなかった。

「果たして今回の想定外は、ヴァル君の実力によるものだったのかな」

操り人形のような手つきで駒を動かす。それに応じて、メフィストも駒を取りながら、

「……彼の活躍は僕の異能が発動した結果である、と？」

「可能性は十分にあるんじゃないかな。だってあなたは今回、勝とうとしてないんだもの。いつも以上に、さ」

メフィスト＝ユー＝フェゴールが有する異能は、現実改変。

強く望んだなら、その願望が世界に反映される。

文字面《づら》だけを見れば無敵の力そのものであるが……

「あなたは自分の異能で自分の首を絞めることしかしないから。あなたの願望は常に、自らの敗北と破滅だけ。最終決戦《ラスト・ゲーム》と銘打ち、さんざん本気をアピールしながらも……いや、そうだからこそ、あなたの願望は強いものになっている。そうでしょう？　師匠《せんせい》」

駒を動かす彼女に、メフィストは苦笑を浮かべながら、

「否定は出来ない。でも、肯定することだって出来ない。僕は自分がわからないからね」

駒を手に取って。

それを、弄《もてあそ》び。

一息、吐いた後。

「……ところで、愛弟子《まなでし》。君はいつまでお芝居を続けるつもりかな？」

問われてすぐ、ヴェーダは深々と嘆息し……

「はぁ。やっぱバレてたか」

舌を出して、にんまりと笑う。

その瞬間、操り人形のようであった美貌《びぼう》に、普段の飄然《ひょうぜん》とした気風が戻ってきた。

「もうちょっとイケるかと思ってたんだけど。いやぁ、やっぱ師匠《せんせい》はすごいね。こんなにも早く見抜かれちゃうだなんて」

ケラケラと笑う弟子の姿を、メフィストは興味深げに見つめながら、口を開いた。

「僕が見抜いたというよりも……君が見抜かせたと言った方が、適当なんじゃないかな」

自力で改変されたことに気付き、そして、自力で元に戻る。

そんなことが可能であるとは、メフィストも想定していなかった。

ゆえにヴェーダは隠し通すことが出来たのだ。自己意思を取り戻しているという真実を。

「最高のタイミングで不意を打ち、仲間の危機を救う。そんなプランをなぜ放棄したのか。まったく理解が出来ないよ」

しかし、そうだからこそ面白い。

そんな顔のメフィストに、ヴェーダは肩を竦《すく》めた。

「……ねぇ師匠《せんせい》、それってさ、本気で言ってるのかな?」

この問いかけに、メフィストは小首を傾《かし》げ、腕を組む。

まるで心の底からわからないと、アピールするかのように。

「はぁぁぁぁ……」

大きな溜息《ためいき》を吐《つ》きながら、ヴェーダは天井を見上げた。

「本気だとしても。そうでないとしても。タチの悪さは変わらない、か」

その口元には、普段の笑みが浮かんだまま。

しかし、その瞳は。

どこまでも、どこまでも、昏《くら》かった。

「——元々、ワタシはあなたの側だったってことだよ、師匠《おとうさん》」

あとがき

皆様、たいへん長らくお待たせいたしまして申し訳ございません。

体操技の練習中、肘を打って負傷したラノベ作家、下等妙人《かとうみょうじん》です。


本シリーズも九巻。

当初、ここまで続くとは思っていませんでした。

これも全ては皆様のお力添えがあってこそ。

そんな「大魔王」も、次巻で一つの区切りとなります。


最後に謝辞を。

今巻も素晴らしいイラストを提供してくださった水野早桜《みずのさお》様。メフィスト、最高でした。

今巻もブラッシュアップに尽力してくださった担当様。

この本に関わる全ての方々。

そして何より、この本を手にとってくださった読者様へ、極限以上の感謝を。

それでは。
最後までお付き合いいただければ幸いです。

下等妙人

富士見ファンタジア文庫

史上《しじよう》最強《さいきよう》の大魔王《だいまおう》、村人《むらびと》A《えー》に転生《てんせい》する

9．邪神《じゃしん》の夢《ゆめ》

令和４年３月20日　初版発行

著者――下等《かとう》妙人《みようじん》

発行者――青柳昌行

発　行――株式会社KADOKAWA
〒102-8177
東京都千代田区富士見2-13-3
0570-002-301（ナビダイヤル）

印刷所――株式会社暁印刷

製本所――本間製本株式会社

ISBN978-4-04-074391-2 C0193　◇◇◇

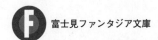

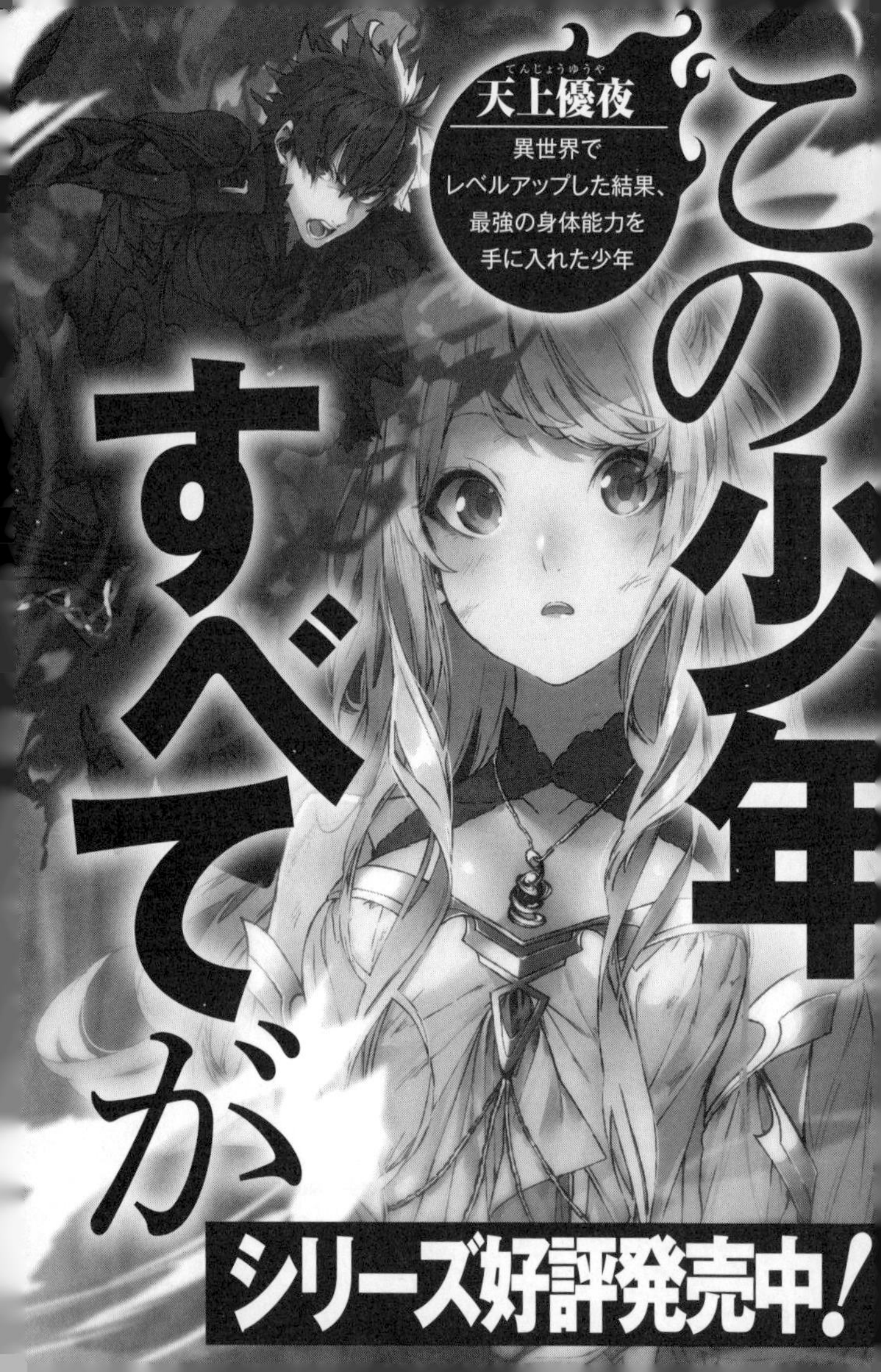
この少年
すべてが
天上優夜《てんじょうゆうや》
異世界で
レベルアップした結果、
最強の身体能力を
手に入れた少年
シリーズ好評発売中！

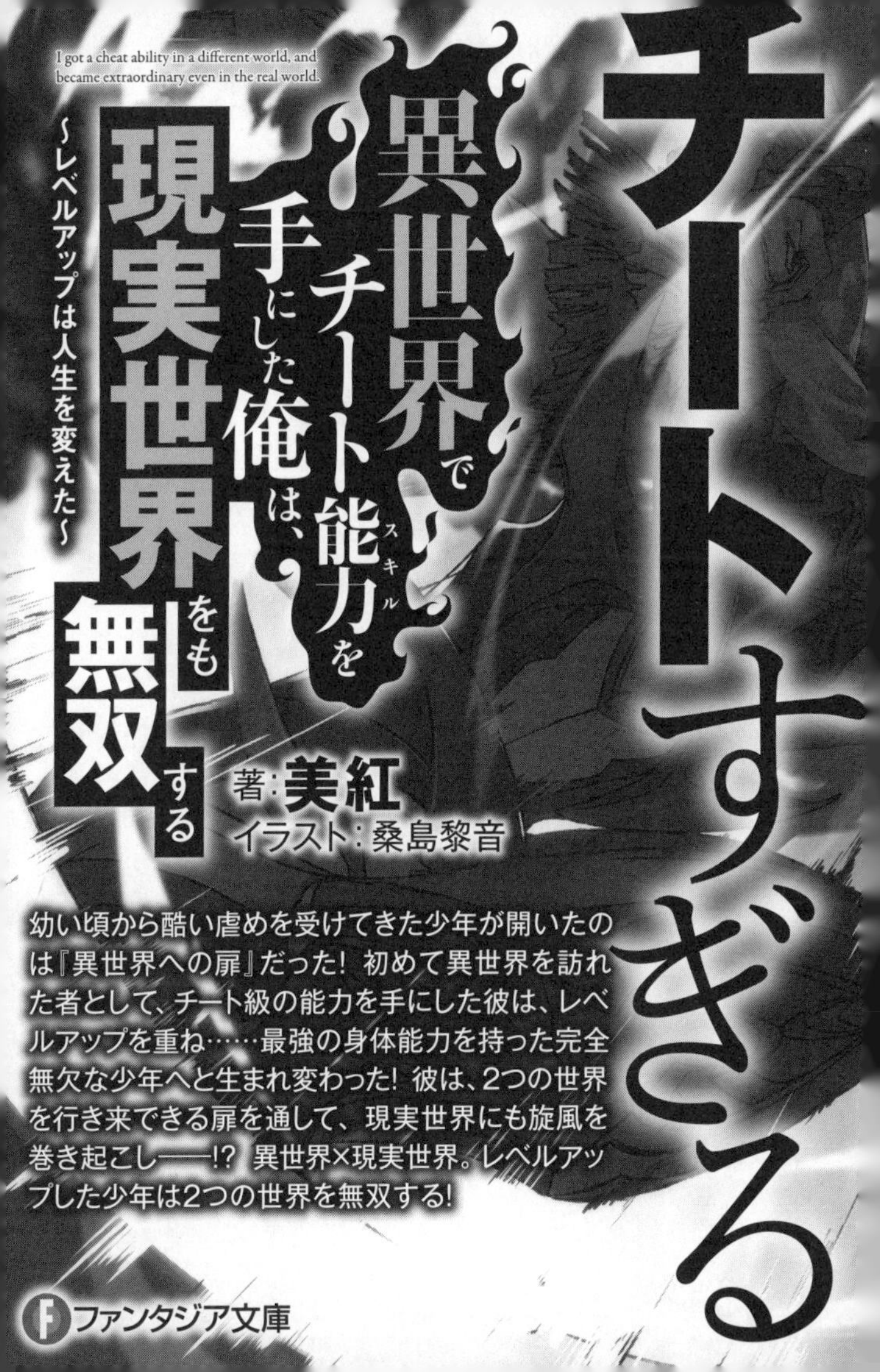

I got a cheat ability in a different world, and became extraordinary even in the real world.

チートすぎる

異世界でチート能力《スキル》を手にした俺は、現実世界をも無双する

～レベルアップは人生を変えた～

著：美紅
イラスト：桑島黎音

幼い頃から酷い虐めを受けてきた少年が開いたのは『異世界への扉』だった！ 初めて異世界を訪れた者として、チート級の能力を手にした彼は、レベルアップを重ね……最強の身体能力を持った完全無欠な少年へと生まれ変わった！ 彼は、2つの世界を行き来できる扉を通して、現実世界にも旋風を巻き起こし――!? 異世界×現実世界。レベルアップした少年は2つの世界を無双する！

ファンタジア文庫

切り拓け！キミだけの王道
ファンタジア大賞
原稿募集中！
賞金
《大賞》300万円
《金賞》50万円
《銀賞》30万円
選考委員
細音啓「キミと僕の最後の戦場、あるいは世界が始まる聖戦」
橘公司「デート・ア・ライブ」
羊太郎「ロクでなし魔術講師と禁忌教典《アカシックレコード》」
ファンタジア文庫編集長
前期締切 8月末日
後期締切 2月末日
公式サイトはこちら！ https://www.fantasiataisho.com/
イラスト／つなこ、猫鍋蒼、三嶋くろね